一套最全面最系统的分析理论

一套最具实战价值的分析理论

唯一免费全面讲解的分析理论

君山股道
系列丛书二

循环理论

揭秘股市运行脉博

君山居士 著

广东省出版集团
广东经济出版社

图书在版编目（CIP）数据

循环理论／君山居士著. —广州：广东经济出版社，
2008.4
（君山股道系列丛书2）
ISBN 978－7－80728－873－2

Ⅰ. 循… Ⅱ. 君… Ⅲ. 股票－证券投资－基本知识
Ⅳ. F830.91

中国版本图书馆 CIP 数据核字（2008）第 045102 号

出版 发行	广东经济出版社（广州市环市东路水荫路 11 号 11～12 楼）
经销	广东新华发行集团
印刷	佛山市浩文彩色印刷有限公司
	（南海区狮山科技工业园 A 区）
开本	787 毫米×1092 毫米　1/16
印张	12.75　2 插页
字数	208 000 字
版次	2008 年 4 月第 1 版
印次	2008 年 4 月第 1 次
印数	1～7 000 册
书号	ISBN 978－7－80728－873－2
定价	288.00 元（1～6 册）

如发现印装质量问题，影响阅读，请与承印厂联系调换。
发行部地址：广州市环市东路水荫路 11 号 11 楼
电话：〔020〕38306055　38306107　邮政编码：510075
邮购地址：广州市环市东路水荫路 11 号 11 楼
电话：（020）37601950　邮政编码：510075
营销网址：http://www.gebook.com
广东经济出版社常年法律顾问：屠朝锋律师、刘红丽律师

序　言

　　"远离毒品，远离股市"曾经被媒体当作醒目的标题作为警示世人的名言。由于中国股市处在初期阶段，操纵、造假和圈钱等问题让股市一直处于大幅震荡之中，巨大的市场风险使得中国股市让人望而生畏，投资股市曾被人视为不务正业。而2005年开始的大牛市唤醒了中国人的投资意识，百年一遇的大牛市场重塑了人们的理财观，股市成了街头巷尾谈论的热门话题，随着越来越多的人投入到股市之中，中国证券市场获得了长足的发展，一些问题也随之暴露出来。大多数投资者满怀暴富的心态拿着一生的积蓄杀入股市，这让一些人陷入了可怕灾难性的误区之中，作为一个十几年操盘经验的分析师，自感有责任做点力所能及的事情来帮助一些朋友免于踏上不归路。

　　牛市会造就无数个"股神"，熊市这些"股神"又会销声匿迹，留给很多投资者的是迷茫，究竟股市可不可以预测？这个问题历来充满争议，特别是巴菲特和彼得林奇等让人尊敬的大师们一直警告人们不要预测股市，让随机漫步理论盛行，事实证明，两位投资大师的观点有点自相矛盾，两位投资大师都是随机漫步理论的反对者，他们都曾公开反对"股市是不可战胜的"，并用连续多年的业绩告诉投资者股市是可以战胜的，如果不可以预测，怎么可能战胜股市呢？显然，虽然两位投资大师告诫投资者股市是不可预测的，但却用他们自己的矛将之刺穿，用行动告诉我们股市是可以预测的。

　　人们投资股市的渠道主要有两种，一种是买基金，将资金交给专业人士管理；一种是自己操作，投资者究竟该选那一种方式进行投资？事实证明，大多数的基金经理虽然带着耀眼的光环，但并不能够战胜股市，经调查发现，全球能战胜大盘的基金经理不超过两成，更有意思的是，人们将基金经理的业绩和大猩猩选出来的股票进行比较，发现绝大多数的基金业绩并不能超过大猩猩。彼得林奇曾经说过："普通股资者只需用3%的智商就能够战胜股市。"因此，一些有时间和精力的朋友最好自己操作，享受

成功的喜悦。

　　"股市风险莫测，劝君谨慎入市"，只有经历过股市风风雨雨的投资者，才能深深体会此话其中的真谛。尽管如此，股市仍以其巨大的魔力，吸引着一批又一批投资者前仆后继：有人一夜暴富，腰缠万贯；有人功败垂成，倾家荡产。在股市中，金钱宛如纸上富贵，随时可能随风而去。那么，怎样才能够把握住股市稍纵即逝的机会，实现人生的梦想呢？在本系列书中我把我多年操作中的一些经验和体会奉献给大家，同时也希望能够抛砖引玉，和广大同仁共同为中国股市发展做出应有贡献。但愿能够为投资者的操作带来好的收益，能让投资者在操作中挥洒自如，游刃有余，最终驶向成功的彼岸。

　　现在投资者所应用的分析理论中，多为一些国外成熟市场的投资理论，应用于国内股市似有张冠李戴之嫌。首先由于这些理论翻译得不够系统和详尽，因此许多投资者不能领悟其理论的精华，只能从形式上了解理论的外在，却不能从理论的内在来分析行情的起因，知其然，不知其所以然，所以实际操作中效果总是不理想，投资失误率大大增加；另外，中国的股市是建立在市场经济不完善的基础之上的，股市并不能真正按照市场规律运行，政策一直占据着市场的主导地位，所以照搬和套用引进的东西不太适合。因此我们针对国内股市的特点，在拿来的基础之上，提出了全新的操作理念。我们首先提出了理性和务实的投资理念，既要在实际的操作中理性地分析和操作，又要采取务实的态度。我们不可能因为中国股市的市盈率高，就不参与股市投资；不可能因为现在的股市的各种机制不健全，就等到股市成熟以后再入市。只不过是不同的游戏需要不同的游戏规则，在本系列书中我们就提出了很多适用于国内股市的游戏规则。

　　《循环理论》一书是本系列书的核心，旨在介绍一套完整的操作系统。很多投资者往往把一些技术分析的方法当成制胜的法宝，其实股市中的成功者不是单靠一种技术分析就可以做得到，即使技术分析百分之百的准确也不能保证在股市中赚钱，综合素质才是重中之重。因此，《循环理论》一书详细论述了时间循环、空间循环、思维循环、资金管理循环和操作手法循环等五大循环，希望建立一个完整的操作系统以防止"盲人摸象"式的操作方式。本书也在实践的基础上提出了可行的新的技术分析工具，例如：百变图、趋势图等等，希望能给股民朋友提供有益的帮助。本书着重于投资的程序化、系统化。每一个成功的投资者，都需要具备投资的三个组成要素：健康的个人心理、合理的交易系统和出色的资金管理计划。这三要素好比凳子的三条腿，缺一条就会连人带凳子一起摔倒，而这其中，心理因素是至关重要的。一个成功的投资者应是良好的心理素质、有效的分析方法、科学的资金管理三者综合素质的体现，所以本书力求把影响股市成功的各种要素综合到一起，使投资者不要在投资中去钻牛角尖。为了使投资者有良好的心理素质，本书采取治标先治本的战略，从思维方式做起，挖掘思维的弊端，树立正确的观念；但是并没有抹杀技术分析的重要作用，于是出现了简洁有效的百变图、趋势图，并在资金管理上提出了"三带一原则"、"三取一原则"。最后用操作计划书来把三大要素连贯起来，一个完整的操作系统就出现在投资者的面前。很多投资者因为不是专业投资股市，没有时间去掌握理论的内涵，因此，本书技术分析着眼于简单，力求使投资者能够一目了然。趋势图、百变图等都是集各理论精华于一体，在操作和应用上都十分简单，投资者可以对其比较晦涩难解的理论内因不予理会，只要掌握操作原理就可以应用得心应手了。

《长线法则》一书重在介绍选取长线股的法则。长线持有是我们四大法则之一，长线持有并不是简单的买上股票不动，而是必须买上好的股票才可以，本书解决了如何买进好股票的问题。明星股之所以会出现大幅飙升的走势并不是空穴来风，都具有其基本面的因素，本书介绍了十大超级大牛股的要素，如果一只个股具备的要素越多，这只个股就越具有大牛股的潜力。除了基本面选股十大要素外，本书还从技术面介绍了选取大牛股的方法。

《投资理念》一书介绍了一些成功投资者必须遵守的投资理念。正确的投资理念是成功的重要因素之一，本书重点介绍了操作手法中应遵守的投资理念和分析时应遵守的投资理念，本书还介绍了一些重要的分析技巧，例如：如何利用节气、周一效应等都是一些经过事实证明的非常有效的分析方法。

《短线绝技》一书重在介绍短线操作的一些方法。短线不是我们提倡的操作方式，但我并不反对短线，只是反对频繁的炒短线，中国股市的特色使得有些时候必须以短线投资为主。本书介绍了十八种短线买进的技法和十八种短线卖出的技法，同时进介绍了利用技术形态进行短线操作的技巧。

《经典技术分析》一书详细介绍了一些经典的技术分析方法。本书选取了形态分析方法、直线分析法和技术指标分析法等一些股票市场常用的

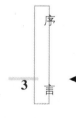

经典技术分析方法，并介绍了利用这些分析方法的心得。

《股指期货》一书详细介绍了股指期货的基本知识和分析方法。股指期货是"千呼万唤始出来，犹抱琵琶半遮面"，由于股指期货还没真正的开始，我们重点介绍了股指期货的基本知识，并结合我多年期货市场操作经验介绍了一些分析方法和投资理念。

股市没有天才，不断地将前人的理论应用于实践中，去其糟粕存其精华，并不断学习，不断创新，才能适应千变万化的股市行情。本系列书借鉴了不少前人成功的理论精华：艾略特的波浪理论，查尔斯·道的道氏理论以及费波纳奇数列也在百变图的分析应用中随处可见。作为一个后来者，能从这些前辈的理论中汲取营养，继承前辈理论的精华，把前辈的理论发扬光大也算是分内之事。但本系列书努力要做的不是与众不同，而是追求技术分析的简明和有效，使投资者在轻松之余也能有不菲的收益。

尽管笔者尽心尽力，但是因为水平有限，谬误之处、不足之处在所难免，恳求广大同仁批评指正。另外，本书的写作时间比较仓促，因此也难免有疏漏，希望广大股民朋友多提宝贵意见，共同为中国证券市场出一点绵薄之力。

目　录

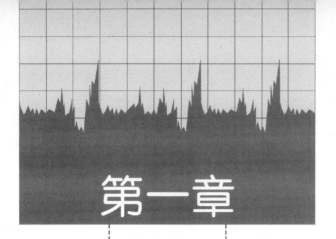

第一章

理论基础

理论和实践相互滋养，科学的理论是实践的指示灯，正确的实践有助于理论的完善和发展。循环理论就是在理论和实践相互滋养中完善起来的投资理论，从某种意义上来讲，它不是真正的"理论"，在本书的很多地方，我们可以看到狼烟四起的战场；可以看到成功的喜悦；可以看到失败的痛苦。在证券市场这个凭借经验、智商和运气对财富进行重新分配的地方，理论已成为被遗忘的角落。

股市中的操作过程包括三个方面：对股市的认知、产生态度、操作行为。认知、态度和行为的关系好似我们遇到一个人，如果我们认为和蔼可亲，我们就会对他产生好感，行为上就会自觉不自觉地亲近他。认知就是和蔼可亲、态度就是好感、行为就是亲近。我们投资者的操作行为，取决于其对股市的认知，而对股市的认知来源于股市的现状，股市的现状影响着每个股市投资者的思维，从而使每个投资者产生不同的认知，进而形成对股市的态度。而态度又决定了其投资的行为。因此，认知—态度—行为构成每个投资者的投资操作系统。因此，一个成功的投资者，首先必须要有科学的认知，这样才能产生理智的态度。而只有理智的态度，才能产生科学的投资行为。要想在股市中成功，只凭技术分析还是不够的，最重要的是从根本做起。只研究技术分析只不过是舍本逐末，舍近求远的做法。要从根本上使自己的认知具有理性化的基础，才能做到行云流水般的理性操作。

理论基础是投资者成功的基石。没有正确的、科学的理论基础，成功只能是偶然。要想使你的投资结果成为必然，你的投资行为要有科学的理论作为基础。当然，科学有效的理论不是千篇一律的，每一种理论都有其可行性。

我们在股市中投资就是寻找扭曲价格的根源。我认为，股市的价格一直是被扭曲的，每个投资者所要追求的是扭曲的原因。而我们正确的投资是：在正向扭曲的时候入市，而在反向扭曲的时候离场。

"练拳不练功，到老一场空"。一个武艺高强的人，不但要身怀绝技，同时肯定也具有一套高深的内功心法；同样，一个成功的投资者，不但要有一套实际可用的技术分析，也要有科学的理论基础。现在很多投资者对技术分析的研究达到了痴迷的程度，对每种技术分析都了如指掌，但在实际操作中却是失误不断、一亏再亏。究其原因，多是因为只重视各种指标、技术分析的利用、却忘记了"治标先治本"的道理，使得本末倒置。因此，没有正确的、科学的理论作为基础的技术指标和技术分析，只会使投资者走火入魔，走入投资的误区，对其的研究也只能停留在表面，最终也只是花拳绣腿而已，没有任何实用价值。

投资者的思维模式决定了其在股市中的投资理念，而大众的投资理念则决定了整个市场的运行规律，而市场的运行规律又反过来影响并进一步制约着股市的投资理念。因此，投资者的思维模式是成功和失败的关键所在。中国股市的发展虽然时间不长，但是却经历了消息市，政策市和目前趋向理性投资的三个大的阶段：在中国股市的初期，消息主导一切，大部分投资者的投资行为都是靠消息来做决定的，这时打探消息是投资者赚钱的途径，于是就有了"琼民源事件"等等；而在无庄不股的庄股时代，投资者的操作理念就是寻找庄家，业绩、成长性等完全不太重要。于是，亿安科技就能在股市"放卫星"，股价被炒到126元；一个所有人都认为是"臭狗屎"的中科创业也被炒到84元；而2001年是股市监管年，投资者在管理层的引导下又在逐渐向理性投资理念转变，挖掘上市公司的成长性和价值将是以后投资者的选股方向。

这样的情况下，广大不知内幕的投资者是很难坐上轿的。但是这些对我们投资者来说，不是市场错了，而是我们没有能够把握市场的运行规律、没有遵守游戏的规则。其实每只个股都有其运行规律性，因此每只股票又都有不同的操作理念。股市是发展的，其运行规律也随之而变，而我们自己如果画地为牢，那就等于坐以待毙。因此投资者要想在股市中立于不败之地，靠一两个炒作股票的经验是远远不够的。要想在股市中立于不败之地，把研究技术分析奉为上帝是舍本逐末的做法，我们要做的是首先要"立本"——树立正确的投资思维。

第一节　认知篇

一个成功的投资者，一定是一个理性的投资者，一个思维全面的投资者，一个有正确思维方法的投资者。之所以我们的投资出现亏损，究其根源就是认知出现错误，从而导致出现错误的态度，进而出现错误的操作行为，最终使我们的投资出现失误。行情既有不确定性，又具有规律性。不确定性是由人性的缺点所造成的，而人性的缺点共同表现在市场中又构成了行情的规律性。投资者成功的关键在于少犯错误，而不是不犯错误，因此挖掘出错误所在，进而进行防范和改正才是成功之根本。要使自己的认知少犯错误，脱离市场的影响，并且成为一种较客观的、符合未来行情发展的认知，那就要有科学的认知思维模式，并把握股市的规律性，这才是股市成功的根源。本理论的核心就是"人性是有缺点的，股价是被扭曲的，扭曲的股价是具有规律性的"。

人性是有缺点的，价格是被人性缺点所扭曲的，这不但是理论的基础，也是整个操作系统的前提，人性的缺点包括知识面、投资思维、性格、行为等。从表面上看，这些东西和股市操作风马牛不相及，但是事实上却和我们的操作息息相关。人的知识、思维、性格等是决定投资行为成功和失败的内在因素。思维方式的不正确使得对行情的分析脱离理智的方向，性格的缺点可以使本身完美无缺的投资计划毁于一旦。例如：行情分析通过事实证明是正确的，但是因为性格上不果断而没有入市，那么一切都是枉然。而在股市中存在的这些缺点往往是致命的，一个成功的投资者必须克服一些致命的缺点，而人性的缺点具体有以下几个方面：

人的知识都具有片面性。股市的成功靠智慧，知识是智慧的源泉，但是投资者的知识无论多么渊博，都不可能无所不通。有的投资者偏重于对技术分析的研究；有的投资者侧重于基本面的研究；有的投资者则侧重于消息面；但是行情的爆发却不可能是千篇一律的。股市行情起因包罗万象，政治、经济、战争、人为等因素都有可能影响或决定行情的发展，各种因素对行情的作用往往因时不同，因地而异，孰重孰轻往往难以定论，有时政治因素决定行情，有时战争左右着股价，有时主力的喜怒哀乐就决定股价变动。我们对某些知识的专长，在面对股市行情千变万化的起因时显得微不足道。投资者自身知识的不足使得对行情进行分析时可能出现片面性、主观性强的特点。一个对技术分析一无所知的人，只能凭借其感觉来分析行情，从而产生畸形的认知，做出正确的投资计划更无从谈起；市场主力如果有片面性认识，就会把其认识作用于市场，最终导致股价扭曲；中小投资者往往随波逐流，加剧股价扭曲程度。因此，由一个知识片面性的个体组成的证券市场交易主体，其所反映的股价也不可能反映股价的真正价值，只能是被扭曲的。

人的思想都有一定局限性。"金无足赤，人无完人"，任何人都不可能把事情考虑得天衣无缝，正所谓"智者千虑，必有一失"。思想的局限性可能导致以下错误的发生：首先，不能树立正确投资理念，导致整个操作没有牢固的基础；其次，分析会出现不全面、有漏洞的现象，增加投资失误率；再次，出现心态不正，引发心理误区，进而步入操作误区。这种思想的局限性引发投资者对行情分析出现偏差，最终扭曲股价。其实，在股市中并不需要使每一个人都成为一个十全十美的人，我们作为一个投资者所需改正的只是一些对我们的投资不利的特点。针对投资者所应改正的缺点和我们应该做到的事情，我通过操作总结出和操作息息相关的八大误区，并在本书的操作系统中提出了四大法则，用以对八大误区进行约束。在以后的章节中我们将会有主要论述，在这里不再详细论述。

总之，没有对思想局限性的认识，任何技术分析都会黯然失色，成功战胜自己、战胜大盘便无从谈起。

人的思想和行为是被动的。投资者的投资计划是根据市场现状制定的，人的思想和认识只能是对现实现状（包括许多错觉）的反映。现实情况有时真真假假，但是无论是真是假都是我们分析的依据。人的思想和行为的被动性，不但广大中小投资者具有，大机构同样具有类似情况。例如："银广夏事件"东窗事发后就证明有多家机构被套其中。主观能动性是在被动行为下的一种积极的表现。而这种被动的思维所产生的行动又会反过来影响人的行为。当我们看到股价上涨的时候，就会导致出现疯狂的看涨情结，而熊市中又会出现悲观的情绪。这是促使股票价格偏离价值的决定性因素，这种行为上的被动引发了操作失误，一系列的操作失误在操作中体现出来，它就是我们后面所说的八大戒律。被动的行为会引导投资者错上加错，最终导致行情出现严重扭曲，这是导致出现股价背离的主要动因。

人的性格都存在缺点。有的人办事不果断；有的人则胆小怕事；有的人则容易从众等。性格上的缺陷让我们的计划事倍功半，让我们的操作功败垂成，直接影响到我们的收益。

总之，在人性各个方面缺点的作用下，市场价格在大多数情况下是被人的思维所扭曲的。真正的价值只不过是股价扭曲过程中的一个驿站而已。所以投资靠挖空心思去发现价值是痴心妄想。因为人性的缺点，投资者各个方面都充斥着缺陷，因此在这种错误氛围中产生的操作行为也难免是"畸形儿"。前面我们讲过人们对行情的判断只能是在不全面的情况下做出的，不全面的思维所产生的行为作用于市场，只会扭曲市场，这种扭曲的市场价格在投资者被动的行为作用下，反过来又作用于市场，使投资者形成一轮恶性循环模式。股市中的价格永远是遵循：现状—被扭曲—扭曲的现状—扭曲投资者的思维—产生更加扭曲的现状。例如：中国股市刚开始运行时，由于人们对其认识不够，股票基本上一文不值，其发行基本是靠行政办法来完成的，而随着人们认识的不断深入，特别是股价放开后，又出现了疯狂局面。在这个过程中，首先是认识不足将股票价格扭曲，这个过程是价值低估的过程，也是价值投资的最佳时机；随着人们对股票认识的增加，股票的价值得以体现，这个过程是价值回归的过程，赚钱效应会在这个阶段产生；随着赚钱效应的扩散，越来越多的投资者参与到这个市场中来，狂热的气氛充斥着整个市场，股票价格再一次被扭曲。

市场总是沿着一定趋势以波段形式循序渐进发展的。

首先，市场存在着一定的趋势。这种趋势具有以下几个特点。第一，趋势是影响证券市场的各种内在因素的外在表现方式，是各种内因共同作用的结果，一旦趋势确立以后，将难以改变。市场在出现反转后，将会以一种趋势一直运行下去，一些短的反向走势也只是行情发展聚集能量而已。第二，趋势是可以改变的，牛市和熊市会相互转换。第三，趋势有很多种。趋势按方向来分有两种：涨势和跌势。按时间和空间来分有：长期趋势、中期趋势、短期趋势。第四，任何种类的趋势都是有着相同的结构组成，这个共同的结构就是波段。第五，趋势具有包容性，长期趋势可以包容很多中期或短期趋势。第六，趋势具有一定的时间和空间。

其次，趋势是由波段构成的。波段具有以下几个特点。第一，波段具有方向性。第二，波段是构成行情的细胞，具有一定的结构，而且行情的每一个细胞都有着相同的结构链，当发展中不同结构的波段出现时，行情也就会出现逆转。每个波段又由波组成。第三，波段具有等级，不同的波段构成不同的趋势。长期趋势的一个波可能是由短期趋势的一个波段组成的，也可能是由一个短期趋势组成。

每个波段分为五个组成部分，其构成如图1。

最后，市场是发展的。市场发展是循序渐进的，每一段行情都要进行修正。我们从前面知道，趋势由波段构成，而波段又由波组成。波本身没有方向。每一个波运行结束后都要进行修正。每一波要进行修正，例如：波1需要波2进行修正；每一段也要进行修正，每一个趋势也会进行修正。每一个波段的发展由五个阶段构成：

⊙逆转期：

逆转期分为逆转波及其修正波。（以图1为例）波1就是逆转期，波2就是修正波。

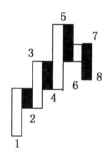

图1

起因：人性的缺点在经过趋势发展后已尽显无遗，股价继续背离已没有动力，有极少数投资者认识到了这种错误。在操作行为上，在熊市中，该抛的投资者早已抛出，抛压在逆转期已相对较小；在牛市中，该买的投资者已重仓，市场上涨动力已明显不能支持股价创新高。

表现：成交量表现为下跌缩量，上涨放量，股价波动幅度较小，市场人气虽然仍极度悲观，但是行情这时却出现了利空上涨和利多下跌的现象。逆转波的成交量明显大于其修正波的成交量。

⊙恢复期：

恢复期包括恢复波及其修正波。以图 1 为例：波 3 和波 4 共同构成了恢复期，波 4 对波 3 进行修正。

起因：人们对于现实又产生了不全面的认识，由于不全面的认识又会产生被动行为。这个阶段是股价价值回归和超越价值的阶段，越来越多的投资者认为趋势已构成反转。

表现：这个时期一般交投活跃，行情波动较大，市场人气出现了恢复。行情走势稳健，没有真正的大起大落。修正波幅度一般较小，但是时间周期较长，在图形上多会出现一些典型的持续形态，如三角形、箱形等等。

⊙背离期：

背离期包括背离波及其修正波。波 5 和波 6 共同构成背离期。

起因：在这个时期各种利好涌出，投资者大多在市场的赚钱效应影响下而失去理智。投资者在这个期间已忘掉股市的巨大风险，整个市场处于一种疯狂状态，人们被面前的假象所迷惑。

表现：投资者出现了一边倒的现象。在牛市中，人们的投资热情空前高涨。表现在个股上则一般会出现连收大阳线，伴随着天量，各式各样的技术指标已没有价值；在熊市中，人们的投资热情极度低迷，无量空跌，先是无量大跌，后是无量盘整。这个时候往往是行情的终结，同时也是行情一步一步走向逆转。

⊙衰退期：波 7 的运行空间就是波段的衰退期。

起因：经过三段连续上扬，追涨者已日趋减少，市场资金出现暂时的紧张，套现的压力却愈来愈大。

表现：行情在这个阶段往往是不愠不火，成交量相对萎缩，衰退期的最高点一般都不超过背离期的最高价。衰退期具有双重性特点，它不但是主升波，而且是修正波；它不但承担着对背离期修正波的修正，也同时要被修正期进行修正。

⊙修正期：波 8 构成了波段的修正波。

起因：经过连续三轮的上涨，市场已积累了相当大的获利盘，而且市场资金在衰退期出现后已对大盘信心减弱，开始抛售手中的股票；而空仓的投资者又对高企的股价感到恐惧。因为买盘愈来愈不足而卖压愈来愈大，所以股价开始下跌。修正期是对前三轮股价的调整。

表现：行情在修正期出现跌多涨少的局面，成交量出现价跌量增，价涨量减，在形态上一般会和衰退期共同构成一些经典反转形态，如下降三角形、头肩形等。一些前期涨幅过大的个股由于严重脱离基本面的支撑，股价严重透支，在这个阶段往往是领跌板块，跌幅最大。

以上是本书的理论基础，我们可以看到人性的很多弱点是与生俱来的，想完全根除不大可能，而我们要做的是在我们的操作过程中最大限度地淡化人性弱点对操作行为的影响。只有我们认识到了人性缺点和人的行为的被动性，才会懂得怎样去坦然地面对成功和失败，才能知道如何去把握机遇，把握行情节奏，才知投资中孰重孰轻，避免钻牛角尖，树立正确的投资理念。

第二节　态　度　篇

投资者的态度产生于对股市的认识。我们在第一节讲过了人性的缺点无处不在，因此也会产生各式各样的误区，在这里只介绍一些与我们操作息息相关的心理误区，让我们面对这些误区，并克服它。投资者最主要的心理误区主要有八种，我们针对这八大误区，提出了可克服它的投资理念。

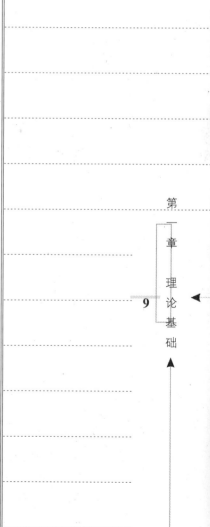

（一）八大误区

医生悉知人类的疾病，律师洞察人类的罪恶，庄家则掌握和利用了散户的心理弱点，利用了禁锢投资者理性的心魔，对散户财富进行无情的掠夺。

市场主力想尽一切办法诱导散户进入他们的圈套，无非是利用散户的心理变动，利用了扰乱散户投资者心智的心魔。心魔不克服，普通投资者就很难摆脱庄家的圈套，良好的心态是成功投资的基石。所谓成功的投资者是那些克服了心理误区的投资者，是那些理性战胜了心魔侵袭，不为心魔所诱惑的投资者；失败的投资者则受到各种心理误区的侵扰，心理误区就是我们的心魔，心魔就象阎王派来的追命鬼，他无时无刻不在想尽一切办法勾引你的灵魂，心魔任务就是让那些经不起诱惑的人进入地狱。

技术分析对每一位投资者而言可谓是一视同仁，但是投资者的心态却各有不同，成功的人各有所长，而失败的人却有许多共同点，例如：贪婪、恐惧、懊悔等。与其说是学识决定成败，还不如说是成功取决于心态。

我国证券市场因其起步较晚、还不成熟，因此有许多中国特色，具有和国际股市不同的特征。投资者队伍与西方国家相比具有两个重要特点：一是中小散户是市场的主体，一亿多热情的中小投资者构成了中国证券市场主体，这在国际成熟的股市中绝无仅有。二是投资者不成熟，广大中小散户投资者对股市了解程度不够，而且基本上都是由自己来进行投资操作，与西方国家所普遍实行的经纪人制度不可同日而语。这样两个特点就决定了现行的许多技术分析手段在我国股市中的使用价值不高。因此从基本处着手，把握心理和思维的不足是首要任务。

现在投资者中普遍存在着两类错误：其一，有些新入市的投资者是在对证券市场还没有充分认识、不具备分析能力的情况下匆忙入市的，这就决定了许多投资者的认识将是非理性的、不全面的，其对市场的感情也将是扭曲的，而其后的操作行为也必然是非常危险的，但遗憾的是这样的情况却十分普遍。其二，有些入市时间较长的投资者也常常出现屡做屡赔的情况，这是因为认识与实践脱节，不注意总结经验、吸取教训，来指导自己下一步的实践，缺乏循环往复、不断提高的过程。总之，两大错误的根源在于产生认知的基础心理存在缺陷。那么，投资心理与投资者对证券市场的认识和实践有哪些关系呢？可以说保持健康的投资心理，是投资者对证券市场获得客观认识、理性情感、正确行为的必要条件。良好的心理素质可以使投资者的思维能力得到更好的发挥并产生更高的工作效率，对基本面、技术面发生的变化做出及时、客观、准确的分析和判断，制定较为科学合理的操作策略并付诸实施。反之，恶劣的心理背景则对投资者的思维和操作活动具有很强的干扰和破坏作用，使投资者知觉范围狭窄、思维活动呆板，难以适应不断变化的市场，导致判断屡屡失误和操作步调混乱。对于这两方面的影响相信每一位踏入证券市场的投资者都会有切身的体会。

股市作为一种零和游戏，一部分投资者成功的欢乐是建立在另外更多投资者的亏损之上。因此市场投资者具有各种复杂的心态，根据多年总结我发现有以下几种心理误区普遍存在于投资者中间。投资者只有走出心理误区，摆脱病态的、消极的投资心理，才能够在风云变幻的股市中立于不败之地。

误区一：浮躁

浮躁让客观、谨慎、详细、有序的操作计划被抛到九霄云外；浮躁带来的心魔让情绪战胜了理智。浮躁有一对

双胞胎儿子，一个叫急躁，一个叫冲动。急躁让你失去理智，失去耐心。冲动让你情绪化操作，让你失去理性、失去风险意识，失去本该属于你的一切。

"你看，张三向我推荐的股票已涨了几个停板，如果当时听他推荐多好呀！"；"我原来计划好把这只股票卖出，你看，现在没有卖，跌了这么多，真让人后悔死了"。这样的言论，在股市中太司空见惯了。所有这些都是心态浮躁的表现。

现代社会资讯发达，报纸、网络、电视及各种传播媒体以其快捷的速度，把各种真真假假、虚虚实实的观点、消息传递给投资者，把投资者搞得茫茫然不知所措。很多投资者往往害怕失去稍纵即逝的行情，贸然做出决定，客观、谨慎、详细、有序的操作计划往往被抛到九霄云外，被一时情绪化的冲动所取代；自己本来信心十足的股票，往往经不起心理的考验，在所谓的"黑马"诱惑下而换股，结果是"黑马"变成了"死马"。一次次实践证明，心态浮躁是投资者的头号心理大敌。而急躁和缺乏耐心则是心态浮躁的具体表现。

常言道："财不入急门。"急躁是很多投资者的通病，投资者进入股市就是为了在最短的时间内实现最大的效益，急于赚钱发财心切都无可厚非，关键是急躁本身不但于事无补，反而会遗患无穷。很多投资者想快速实现赚钱大计，便异想天开，梦想天天能"骑黑马"，但是往往事与愿违，被摔得鼻青脸肿。要知道，黑马往往具有与众不同的怪脾气，要想骑黑马，首先要对其脾气了解，因此投资需要时间，不可操之过急。急功近利会使你拣芝麻丢西瓜。当行情稳步上扬时，急躁可以让你提前出货，错失赚钱良机；当行情熊途漫无边际之时，缺乏耐心又会让你提前入市，惨遭套牢。当行情看不懂的时候，急躁又会让你盲目入市，如坐针毡。急躁无孔不入地影响着我们操作的各个方面。克服急躁，就要做到：不要老认为自己是圣人，可以把天下所有钱赚完，其实我们只不过是芸芸众生中的普通一员而已。古训所道："风斜雨急处，立得脚定。花浓柳艳处，着得眼高。路危径险处，回得头早。"

中小投资者没有耐心，其结果是忍不住被骗线迷惑，找出一千条理由卖掉股票后，却发现原来是个地板砖，目睹其后来股价井喷数倍，捶胸顿足，懊悔不已自是难免。又找到了一万个理由去买的时候，却发现是个天花板。当我们饱受尘世中喧闹和忙碌的干扰时，当我们面对股市中的涨涨跌跌，心情激动不已时，要能保持着心灵上的一方净土。从"采菊东篱下，悠然见南山"的超然心态中，体味一下淡中真味，常中神奇。

真正投资成功且又享受到投资成功乐趣的人，往往并不急于赚钱，反而常将输赢置之度外。记得股神巴菲特曾说过："股市是不存在的，如果说其存在，那也是让一些人出丑的地方。"巴菲特投资那么巨大，持股时间一般又那么长，他能说出"股市是不存在的"。可见其对股市保持着淡泊、超然的心态。股神的成功有目共睹，从中我们是否应该悟出点什么？就是他那种"淡泊以明志，宁静以致远"的心态。

浮躁带来的心魔让情绪战胜了理智，本来自信十足的股票，往往经不起心理的考验，在所谓的黑马的诱惑下而换股，结果发现想象中的黑马，骑上去之后并没有狂奔，仔细一看是"木马"一头，幻想木马还会变成黑马，结果最后发现，木马却变成了"河马"，一头跳进无底深渊。无数次的事实证明，浮躁是我们投资者的头号大敌，大部分投资只注重技术分析的研究，希望能研究出所谓的"葵花宝典"，成为"东方不败"，到头来却发现所得到的只是花拳绣腿而已，我们的股市还不成熟，整个市场如此都非常浮躁，作为个人投资者只有克服浮躁心态，保持一份平和心态，才能实现超脱，摆脱轮回之苦，则不至于成为心魔牺牲品。

总之，在浮躁的心态下，理性将会消失，取而代之的是情绪化的操作方式，急功近利而缺乏耐心。客观、理性的分析和操作都无从谈起。在高风险的证券市场中，耐心和冷静是最基本的心理素质，若不能克服浮躁的心态，最好早退出股市为妙。只要有耐心才能把握赚钱的机会。投资者应切记古训"欲速则不达"。

误区二：贪婪

投资股市的目的就是在最短的时间内取得最大的收

益。没有贪心我们就不会进入股市，还是把钱放到银行稳当。"贪"本身并不是坏事，没有贪心，人就没有动力。要是有人说其进入股市没有贪心，我想那是骗人的鬼话。关键是贪也要讲究策略。否则贪不是社会及个人发展的动力，却会是导致毁灭的催化剂。

在日常生活中，有许多骗人或者被骗的事例，往往骗子的花招并不十分高明，而且被骗的人不也并不笨，但是骗局却是一次次地得逞，原因何在？上当受骗者有一个共同的特点：贪婪。首先，无知贪婪是主力设计骗局的主要手段。庄家操盘时为了麻痹中小投资者，做庄的手法千变万化、层出不穷，但仍然会露出蛛丝马迹，他们都有一个共同点：都是先给中小散户投下诱饵，让贪心的投资者进入陷阱。针对散户的贪婪，庄家们制造出一匹匹的黑马，让那些试图抓住每一匹黑马和每一波行情的人，在精疲力竭、遍体鳞伤之后，被迫缴械投降。其次，投资者自己不切合实际的目标是导致贪婪的另一大原因。国外一些著名的投资基金的年收益大约在30%，但是在中国股市中却有人不切实际地将每年翻一番、十年20倍，作为自己在股市中的盈利目标。看了《三国演义》就以为自己能指挥千军万马；杀过猪便以为自己能战胜恐龙。结果到最后输个精光。可以说，学习炒股的过程就是克服贪婪的过程和不断培养自知之明的过程。投资者用平常心去看待股市的潮起潮落，君子居安思危，顺势而为，不贪不躁，天亦无所用其伎俩矣。

无知贪婪是投资股市最大的敌人，其可危害到股市操作的各个方面：首先，投资者常常因贪婪而买不到合理价格的股票，有时股价刚突破盘整形态进入主升浪，却梦想能出现回调介入，最后只能眼睁睁着股价飙升而懊悔不已，有时股价已调整到位却希望能再跌一点，在股价调头向上创出新高后才如梦初醒。其次，投资者也常常因贪婪而卖不掉股票。手中的股票已到目标位，却希望还能够再多赚一点，最后到利润全无时才明白；形态已被破坏却还想能够完全修复，结果套牢后才叫苦连天。再次，是更常常因贪婪失去理性而盲目追涨。看到股价上涨就认为是黑马出现，迫不及待地杀入，结果却是庄家拉高出货。最后，因为无知的贪婪而经常满仓操作。满仓操作成功了，固然欣喜；一旦出现失误，我想满仓者原来的那种神气肯定不知跑到哪里打盹儿去了，留下的则是更多的懊悔和焦躁。炒字是旁边一把"火"，一不小心是会引火烧身的。所以，资金安全是第一位，采用科学的资金管理方法才是成功之道。假如不分具体情况，只顾忙着满仓想赚个盆满钵满，那其实是在给自己戴手铐脚镣。

　　贪婪是每个人或多或少都有的弱点。贪婪会使我们为获取一点蝇头小利而沾沾自喜，结果却是拣芝麻丢西瓜。更多的时候会使我们的行为被内心的贪欲所蒙蔽、困扰，使我们遭到更大的损失和承受更大的心理压力。总之，"贪"要适可而止，成功的投资者"贪"而有道，不切实际的贪得无厌就会导致进入贪婪误区。鱼和熊掌不可兼得时，要有所取舍。总是希望能够在最低点买进，能够在最高点卖出，那么你就将深陷贪婪的误区。投资就是一个棋局，我们追求的不是一子不失，而是注重结果，最终能赢才是我们的目的，舍弃一些局部得失而求得全局的主动和优势才是明智的选择。

　　总之，贪心要适可而止，成功的投资者贪而有道，贪而有制。不切实际，贪得无厌导致很多投资者进入贪婪这个心魔的圈套。对待贪婪最好的方式就是详细了解我们前面所讲的八戒，还是制定好操作计划，一切按计划行事。

误区三：恐惧

下跌太可怕了！
我要下车！！

人世间到底有没有鬼？我没见过，所以不敢断言有无。但是你如果心里有鬼，鬼不害你，你也会被鬼吓死。很多投资者总是心理有鬼，涨是怕涨，跌时怕跌，恐惧之心是投资天敌！

财富来之不易，看着股价节节上扬，财富滚滚而来时，每个人都会眉开眼笑，喜出望外；当眼睁睁看着辛辛苦苦挣来的血汗钱无情地缩水时，面临"一夜回到解放前"的危险时，每个投资者都会面带沮丧，心存恐惧。恐惧是情绪化的一种体现，人人皆有，无可厚非；但是如果不用理性去克制，让情绪化主导了操作行为，那就会陷入操作误区，带来不必要的损失。

恐惧是因为曾经有过惨痛的失败经历而对操作没有信心的一种表现。心理承受能力差的投资者，往往会因受到太多的折磨而崩溃。庄家正是利用散户心理承受能力差的特点，通过各种操作手法来左右散户的投资行为。庄家利用各种舆论工具，影响并左右人们的思维；在低位吸纳筹码时，制造恐慌气氛，使得心理承受能力差的投资者抛出手中的筹码；而高位出货时，使出浑身解数制造出很多"莫须有"的利好消息，给散户造成一种股价"欲上九天揽月"的氛围，投资者往往就像抱住了一棵摇钱树，拼命地向上爬，从高处摔下后产生的那种痛苦所造成的恐惧心态，将会在投资者心理上留下深深的烙印。

"恐惧"的心理误区产生后，便会导致操作出现恶性循环。投资者常常因有过一次割肉的经历，在操作时，一旦股价出现下跌，便害怕股价再继续下跌，而急于抛出，结果却将股票卖在地板砖上；也常常因一朝被蛇咬而担心再次被套，却对走势稳键的股票望而却步、迟迟不敢介入，导致错失良机。每个投资者都知道，股海有时风平浪静，有时又波涛汹涌，但是不知道股海何时起风浪。如果整日提心吊胆、惶惶不可终日，时日一久，随着失败的增多，投资者的心理也就会变得越来越脆弱，心理就会出现崩溃，最后几乎成了惊弓之鸟，就会误入赔钱—恐惧—赔钱—恐惧的循环之中。

恐惧虽然可怕，但是却不是不治之症；要克服恐惧，就要减少操作失误，使自己的信心不断增加。最好的办法是从根本做起，遵守操作原则，使其没有产生恐惧的根源，我们在四大法则中提出了："大胆果断"法则，就是克服恐惧最好的工具。抱着"死猪不怕开水烫"和"誓把牢底坐穿"的坚强意志的投资者，必将被无情的市场折磨得体无完肤。显然，恐惧是投资者的又一大天敌。

误区四：懊悔

在股市中，我们经常会听到张三说："哎！前几天想买海虹控股没有买，现在涨了那么多停板，真是后悔呀！又放过了一匹大黑马！"；李四说："哎！昨天本打算卖出大连国际没有卖，现在跌停板了，赚的钱没了，而且又被套住了，真惨呀！一个良机又错过去了！"这些言论在股市中实在是司空见惯了。实际上，这些投资者已不知不觉中进入了懊悔的心理误区。

懊悔也同样是人性弱点的一种，是情绪化的表现，是非理性的情绪，是贪婪和恐惧引起恶性循环的结果。由于贪婪的心理存在，行情目标明明已达到，却总是希望股价再涨点，能够多赚点，一旦价格出现下跌，因为没有及时

啊！
当时为什
么卖出啊！！

出货，又会产生懊悔的心理。恐惧的心理会使投资者看到行情有上升动力却不敢介入，最终目睹股价大涨而后悔，也可能会惧怕行情下跌而看着牛气十足，却不敢持股，提前出货。结果就会出现开始那一幕：张三在为放掉一匹黑马而顿足，李四又在为错失一次出货良机而捶胸。

如果我们在操作计划中预测到行情出现，因为某些客观原因而没有操作，导致错过一波大行情，那着实令人感到惋惜；但是在许多情况下，投资者根本就没有预测到行情，又有何理由去懊悔呢！这时我们要做的是分析自己为何没有看到行情会出现，而不是为错过行情而后悔。实际上，我们不应有任何懊悔的心理，操作是自己所为，操作失败都是因为我们自己准备不足。拿破仑说过"机会是给有准备的人准备的"。不必要的后悔只能影响我们下一步的操作。

懊悔本身不可怕，最可怕的是让懊悔的情绪恣意蔓延，让上一次操作失误产生的懊悔心理，又影响到我们下一次的操作。许多投资者都把懊悔的事情当作了一个经验之谈，因为昨天错过一只黑马股票，以致于看着哪一只股票都像是黑马，看到股价异动便以为黑马又要出现，便慌不择股地介入，导致套牢之痛；因为昨天错过出货良机，以致于看到行情稍微出现震荡，便以为顶部出现，导致提前出货，又为错失良机而痛心。最后出现：失误—懊悔—又失误—更懊悔。

总之，如果一味地后悔于事无补，过去只能代表过去，时间不会重来。让懊悔影响到我们的操作，增加不必要的损失更是错上加错。失败是成功之母，证券市场不相信眼泪，唯有总结经验，吸取教训，化失败为动力，才能把握机会，变被动为主动，不让懊悔重来。股市随时随地都有机遇，机遇的背后也充满凶险，股市中没有十全十美的事情，遗憾在所难免，但是遗憾正是股市的魅力之所在。

误区五：从众

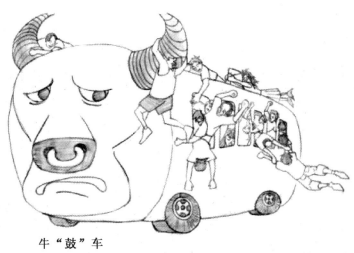

牛"鼓"车

华尔街有句名言："股市总是想尽一切办法证明大多数人是错的。"这句话的道理大多数投资者都明白，但是到了实际操作时，很多投资者却因市场影响而随波逐流，进入盲目从众的心理误区中，事实证明，你如果陷入盲目从众的误区之中，也就说明了你正在犯错误，后果只有一个——亏损。

在我们的理论基础中讲到情绪化是操作中的最大敌人，而且情绪最大的害处是其具有可传染性。现代社会资讯发达，股市更是充斥着各种各样的消息内幕，报纸、电视、网络等媒体轮番轰炸，我们的思维在自觉与不自觉中逐渐被同化。各种信息又组成一个巨大孵化器，于是产出了非常多急功近利而又自以为是聪明绝顶的投资者，他们成了股市中的输血者，共同构成了主力大户的提款机。股市中虽然产生了许多让人羡慕的成功者，但是股市却没有放之四海皆准的能够一招制胜的法宝，许多投资者每日都在期待能坐上一骑绝尘的黑马，结果却常是摔得鼻青脸肿。许多人经不起一些黑马抛过来的媚眼的诱惑，在追涨杀跌中迷失了自我。而另外一些人如壮士断臂般悲壮地割掉手中筹码后，股价却一去不复返了。许多人不禁要仰天长叹命运的不公，而忘记老祖宗早就说"胜兵先胜而后求战，败兵先战而后求胜"。

很多投资者中存在着从众心理，就是在自己拿不定主意的时候跟着别人走，你买我也买，你卖我也卖。这一方面说明了投资者性格方面有着缺陷，做事没有主见；另一方面主要是因为自己操作水平有限，缺乏独立见解，或者自己有一些分析也不敢肯定是对的，有一些判断但心里还是没底，还不如跟着别人走心里更踏实。殊不知，在证券市场中，人多不一定势众，反而与逆向思维相矛盾，顶总是出现在大家都抢着买进的时候，底部也往往会是在大家都抢着割肉的时候现身，所以随波逐流者往往是赔钱。走出盲目从众误区，就会体会到"曲径通幽"的妙处和"众人皆醉，唯我独醒"的乐趣了。

有很多人都是因为随波逐流而丧失良机。从众误区最容易导致追涨杀跌。首先，对于追涨者：有时跟随大家去追涨，可以短线获利，但是多数股票的上涨空间是十分有限的，追涨动作快的抢到一杯羹，动作慢了套你没商量。套得浅的等下一轮别人盈利你方可解套，套得深恐怕只有等儿孙来解套了。如果投资者不能在第一时间及时买进，则千万不可眷恋不舍，应该忘掉它，股市中的好股票比比皆是，有些股票既已与你无缘，又何必死心眼地盯着它呢？对于杀跌者：投资者通常把损失看得比收益重要两倍。不可否认，当股市行情由牛转熊开始下跌时，或一只涨幅过高的股票开始回落时，及时抛出手上的股票不失为一种明智之举。对于多数股票来说，股价的回调和低位整理，是一种对前期上涨的修正和进一步蓄势的过程。如果我们看好大势，是可以不理会这种回调的。但从众的心理容易使人产生怀疑。看到别的股票上涨，自己买入的股票不涨反跌，如果别人再来个"空头排列弱势依旧、逢高出货"，于是失去了主见，认为买入的股票不是好货色，于是抛出，结果十有八九是抛出了将要上涨的股票。事实上，主力往往是利用这种心理来进行洗盘，诱空进货从中渔利。

误区六：犹豫

犹豫实质上是没有信心的表现。犹豫让你浪费宝贵时间，犹豫让你失去很多良机，抛弃犹豫，大胆果断是一个成功投资者必备素质。拿破伦说过一话："你知道我为什么成功吗？那就是我在做事前什么都不去想，立刻就付之于行动。"

瞻前顾后、前怕狼后怕虎的心理不但刚入市的投资者有，有很多长期在股市中摸爬滚打的老股民同样具有，往往是原来制定了详细的计划，考虑好了投资策略，在面临操作时却受到各种外界的"羊群心理"的影响，一有风吹草动，就怀疑自己的操作计划，不能实施自己的投资方案。

具有这种投资心理误区的投资者具体表现四个方面：

（1）投资者事前已经发觉自己手中所持有的股票价格偏高，是抛出股票的时机，同时也做出了卖出股票的决策。但在临场时，听到他人你一言我一语与自己看法不同的评论时，其卖出股票的决策马上改变，从而放弃了一次抛售股票的大好时机。

（2）投资者事前已看出某只股票价格偏低，是适合买入的时候，并作出了趁低吸纳的投资决策。同样地，到临场一看，见到的是卖出股票的人挤成一团，纷纷抛售股票，于是就临阵退缩，放弃了入市的决策，从而失去了一次发财的良机。

（3）事前根本就不打算进入股票市场，当看到许多人纷纷入市时，不免心里发痒，经不住这种气氛的诱惑，从而一时冲动作出了不大理智的投资决策。

（4）有的投资者有着失败的经历，具有"一朝被蛇咬，十年怕草绳"的心理，所以每次操作，那种失败的阴影总左右着自己，在操作时瞻前顾后。

由此看来，犹豫不决心理主要表现在关键时刻不能作出判断，错失良机。当然，这种心理主要是股市疯狂所造成的后遗症，1995年的"5·18"行情，短暂而辉煌，但是却是长期的萎靡不振，多少勇敢的投资者高位被套；1999年"5·19"行情的狂飙骤起，特别是《人民日报》特约评论员文章的发表，曾经使数以千万的散户投资者争先恐后进入股市，高位杀入，有不少从来与股市不沾边的人甚至立即将银行存款倾数转入股市，结果是多少对股市充满憧憬和热情的投资者被套在天花板上。当时被套的资金一说有2400个亿，一说还不止此数，有些股票到目前仍是漫漫熊途。一朝被蛇咬，三年怕草绳；2000年的大牛市，多少投资者面对牛气冲天的股指，却对自己所持股票纹丝不动而感到迷惑不解，赚得到指数赚不到钱。散户的犹豫增多，这表明投资者正在走向成熟的过程之中。但是，犹豫不决并非成熟，恰恰是不成熟的表现。优柔寡断乃兵家之大敌，对于股市也是这样。

在股票投资中，犹豫不决不仅容易坐失良机，更大的危害在于犹豫之间做出的决断往往容易发生差错。在动荡的市场中既能把握稍纵即逝的机遇，又能够减少决策失误的关键在于要坚持四大法则，制定详细的操作计划。如果所有得失都在掌握之中，哪还会出现此种误区。散户投资者在对涉及大势的问题有所犹豫时，不妨撇开大盘看个股；如果是长线投资，只要个股基本面能支持股价，则应坚定持股信心。如果是短线投资，则在选好个股原则的基础上，只要对每次投资都坚持设立止损点并树立适可而止的原则，一般也不会发生太大的差错。东方不亮西方亮，此股不涨有那股，没有什么好犹豫的。好股在手，遇事不慌；东张西望，反而容易坏事。

投资者之所以会犹豫不决，根本原因还是操作水平不够，提高自已的操作水平是解决犹豫的根本，另外，不要追求完美，股市有风险，没有完美的操作，追求完美让你坐失良机；不要害怕失败，胜败兵家常事，担心失败而失去良机是最大的失败。

误区七：三心两意

很多投资者都有这样的经历：原本制定好了计划：市场风险仍未释放完毕，操作暂时以观望为宜，但是却禁不住种种诱惑，草率入市；对某只股票看好，认为能够涨到某某价位，本来想好持股不动，但是却经受不住各种震仓洗盘，仓皇出逃，后来才发现是虚惊一场。出现这些失误都是三心两意的心理在作怪。

陷入了"三心二意"的心理误区，往往会表现为：原本制定了正确的操作计划，后来又鬼使神差地改变，将自己原来的英明计划束之高阁，或者把抱着的金砖又扔了，捶胸顿足是难免的。为什么会三心二意？原因多出于以下几个方面：①一些基本面的不确定因素存在，导致对自己的分析没有信心。例如：股价回调到位已是介入良机时，往往担忧其基本面存在隐形利空而不敢介入，结果和机会擦肩而过。②在介入股票前，该股已有一段可观的涨幅，于是便终日心神不定，害怕主力出货，因此天天看着股价都像顶部。③在大盘走势好时，市场个股异彩纷呈，高潮迭起，而自己手中个股却蛰伏不动，受市场赚钱气氛影响，产生"弃龟择兔"的行为。

"兵不厌诈"、"暗渡陈仓"，可以说是古代兵法中的精髓，在股市操作中也被大户的操盘手用得炉火纯青。对于散户的三心两意的心理，主力心知肚明，时不时使用迷魂大法，使股民产生错觉，从而产生错误的判断，继而产生错误的行为。因此操作上要制定一套固定的计划，各种情况都详尽地考虑到，坚持四大法则，三心两意自然不会出现。

前面我讲过的犹豫不决，看上去和三心两意差不多，但是却是两个不同的概念，犹豫不决主要是指投资者已制定了详细的操作计划，面对操作不能作出抉择，导致计划落空。而三心两意则是指投资者对自己的操作计划没有信心或不能坚持，随意改变投资计划。

我们认为，人性的许多弱点是与生惧来的，想完全消除是不可能的。在证券投资过程中，我们需要做到的就是最大限度地淡化人性弱点对投资决策的影响。就目前而言，方法有两个，一是加强学习，借鉴别人成功的操作经验，并不断通过实践提高自己，不断克服心理误区，为最大限度地削弱人性的弱点提供条件。二是建立适合自己的固定操作系统。即以客观、科学的投资管理模式进行证券投资，做到最大限度地摆脱人的心理情绪波动、克制人性弱点的爆发。历年中国证券市场的起伏变化，无时无刻不是在重复暴露着人性弱点，而谁能认识到自身的弱点，并能够克制它，谁就将成为成功者。

误区八：主观

"跌这么多了，该到底了吧?"、"已经涨了这么多，应该见顶了。"这些言语都是主观臆断的表现。

主观臆断主要是分析时缺乏客观依据，完全凭感觉来计划和操作。首先，很多刚入市的投资者，或者是没有时间对股市进行研究的投资者，他们掌握的分析理论有限，没有正确的分析方法。所以在分析和操作时只能凭借着"我以为"；其次，有些具有操作经验的投资者会出现盲目自信，主观臆断也会随之产生。

具有主观臆断倾向的投资者在操作中有以下几个方面的表现：① 设想底部：在经历了追涨杀跌带来的惨痛教训后，很多投资者开始听信"专家"之言，由追涨杀跌转向逢低吸纳。"中科系"和"亿安系"的雪崩使许多抄底的投资者实实在在地领悟到了何时市场才是底。对于底部没有探明的股票，最科学的态度就是不碰。因为谁也无法预测其问题究竟严重到什么程度，市场下跌的动力到底还有多大。即使股价已跌到底部了，或者杀跌力量不再那么集中而决绝，股价也不再以连续跌停的方式下跌了，谁又能够保证它马上就会大幅上涨？事实上，大盘每次见底后都要经历漫无边际的休整。② 被套后猜测行情会出现好转，不能马上作出取舍。大部分投资者都遭遇过套牢之苦，当时自己有一万个理由去买入后，市场中的不是理由的理由就让你美梦落空。处于市场的复杂环境下，一旦套住，大多数人不愿面对现实，采取死抱之策，认为行情早晚会反转的。死捂固然可能会等到解套之日，但是期限却难以预测，一年两年解不了套属于正常现象，资金的快速流动和增值更无从谈起。很多投资者难以舍弃眼前的蝇头小利，忽视了更长远的目标。而机遇的获取，关键在于投资者是否能够在投资上作出果断的取舍。因而进入股票市场后，大多数投资者资金都不闲置，很多投资者不是投资在这只股票上就是套在另一只股票上。可见，学会舍弃有时要比学会盈利重要，而更重要的是善于化解心中之结。③ 设想顶部。很多投资者买入股票后，因为有过"坐电梯"的经验，便担心有朝一日会反转，因此天天猜测行情的顶部，这类投资者往往在主力的洗盘、震仓手法下提早出货，把抱着的金砖扔掉。总之，股市行情是"上可九天揽月，下可五洋捉鳖"，设想底部会被套牢，而设想顶部则会痛失良机。

要想真正做到分析有理有据，克服主观臆断的误区，就要能过不断学习去充实自己，通过操作提高自己。在操作前要有耐心，对自己看不明白的股票，就坚持不介入；买入后要有信心，行情不出现反转信号就继续持有。要不断通过操作来总结经验，学习并总结出适合自己的操作方法。

（二）投资理念

一个市场的投资理念就是大多数投资者对股市的信仰，它可以决定行情的走势，是股市扭曲的原动力之一。投资理念有很多，大多数具有时效性，庄股时代具有其理念，政策市也同样具有其理念。在一个扭曲的市场中，面对扭曲的价格，很多东西都会改变难题 是务实和理性是任何市场中所要坚守的，它是不随时间改变而变化的。

1. 务实

在风险莫测的证券市场中，投资者每时每刻都在追寻成功者的足迹，希望能够找到通往成功的捷径。但实践证明，股市并没有捷径可走，根本没有放之四海皆准的灵丹妙药，要想在证券市场成功不能只靠良好的心理素质；也不能只靠一套准确的技术分析方法，投资者的综合素质才是决定成功和失败的关键因素。综合素质包括正确的投资理念、良好的心理素

质、准确的技术分析分析工具、高效的资金管理方式，这几者互相制约和促进。其中的一个举足轻重的因素就是能否拥有正确的投资理念，它是一切因素的前提，直接影响其他各个方面的实施结果。现在许多证券市场的投资者，大都是把对技术分析的研究放到了首位，而忽视了建立正确的投资理念的重要性。这是一种本末倒置、缘木求鱼的做法。针对中国股市的现状，务实和理性的投资理念是投资者必不可缺的一部分。这里把务实放到了投资理念的首位，是因为我们的理性不能脱离客观事实，因为中国股市有其特性，目前仍是一个不成熟的市场，一些不理性的现象常伴在投资者的身边。

投资者要想成功运作，自始至终都要遵循务实的操作理念。资本市场可谓是瞬息万变，而且每个市场都有不同的宏观环境和思维主流，从而造成每个市场有不同的行情走势。因此我们正视目前的市场现状才能采取正确的投资

阅读心得

年度标兵

第一章　理论基础

27

策略。只有采取务实的态度才能跟随市场变化，针对不同的市场采取不同的策略。当市场处于无庄不股的时期，我们就要以挖掘庄股作为投资的重点，当网络成为市场热点时，我们也要马上"触网"。

由于中国经济体制的独特性，所以我国的证券市场中有许多独有的特点，中国经济体制正处在由计划经济向市场经济转变的过程中，股市虽然是市场经济的产物，但它在中车就不能脱离计划体制的阴影。特别是目前政策仍是影响股市的重要因素，中国股市还未能成为国民经济的晴雨表。中国的上市公司不是一个简单的独立法人，由于受我国经济体制的影响，其始终都要和国家的公有制经济分不开。国外一家企业经营不善时往往面临破产倒闭的危险，而在中国这种情况却很少见，到目前为止中国的上市公司仍然保持金身不破。前段时间山东三联花了3亿元买了个"壳"，不能不说是中国的特产。因为交易所、大部分上市公司和监管单位所有权同属于国家，因此我国的股市市盈率在高达上百倍的情况下依然牛气冲天，而在国外的市场中股灾恐怕在所难免，这种现象也是不可想象的。我国经济学专家一直在惊呼——高市盈率将套牢整个社会，这就是一种不务实的态度。好在经济专家可以关着门不去炒股，但广大投资者却不能不面对高市盈率的现实，而且还要继续去投资。采取务实的态度，正视这些客观存在的现实，找出适应市场的投资策略才是明智之举。

我们在理论中讲过股价是被扭曲的，但扭曲的价格是一种事实上，所以我们又必须承认市场永远是对的。葛兰维尔是一位一度被美国投资者奉为神圣的图表分析大师。然而在进入20世纪80年代后，他一直警告投资者股市要崩盘，事实却正相反，美国股市像小牛爬山一样一路上扬。葛兰维尔没有采取务实的理念，最后被他的信徒所遗弃，也失去了在股市中呼风唤雨的地位。同样，在行情的操作中一样要尊重事实，在你看空的情况下而行情却在一路上扬，你也一样要尊重行情的现实情况，要找出行情发动的原因，尽快顺应市场发展，绝不可和市场唱反调。

总之，务实的投资理念就是面对现实，让我们去适应市场，而不是让市场来适应我们。

2. 理性

务实是我们的投资理念的基础，但是务实却需要用理性来制约。在资本市场的失败者，大部分是因为不理性造成的。有很多投资者在实际操作中，自己也知道是熊市却加码买进，被套以后不愿认错，抱着侥幸的心理，希望行情能反转。有的投资者在行情严重超买的情况下还在追涨，最后发现是最后一棒时才叫苦连天，但亡羊补牢为时已晚。采用理性的投资理念是投资者在资本市场成功的基石。

理性就是采取客观的态度面对现实，当我们的分析出现错误时，我们要敢于承认错误，不能迷途不知返，要果断采服措施止损。当市场处于极度悲观失望时，我们要保持一份冷静，不能盲目杀跌；当市场人气高涨时，要保持一份清醒，避免接最后的一棒。

理性的最大敌人就是情绪化。情绪化是人性固有的缺点，人人皆有，但是它可以通过理性来克服。如果我们不能用理智控制自己的情绪，就不可能在操作中保持理性。资本市场不是赌场，它绝不可以凭自己的感情意气用事。一个成功的投资者任何时候都要保持清醒的头脑。记得刚开始炒股时，我以 13.50 元买进洛阳玻璃，并在 13 元设立了止损点，但是事与愿违，最终在止损时只差两分钱没能成交，因此一怒之下置之不理，结果被套三年之久，最后还是在 5.60 元忍痛割肉出局，这个结果让我至今记忆犹新。因此，我们要在成功的时候不能得意洋洋，而是要居安思危，在失败的时候也不能一蹶不振，而是要有一颗平常心。证券市场的高风险性决定了我们在这个市场没有多少错误可犯，因为情绪化而产生的任何一次随意性的操作都可能让我们一失足成千古恨。

投资者经常会情绪化。这个时候，各种心理误区就会接踵而至，这是我们操作的一大障碍。我们要想克服情绪化就要严格自律，做到不打无准备之仗，每一次操作都要制定严格的计划。它并不一定是由市场行情引发的，但是我们可以在自己情绪化的时候尽量不要去介入行情，要让每一次操作都没有情绪化的阴影。

有的投资者认为理性就是不冒风险，这种错误的认识会直接导致我们在操作时前怕狼后怕虎，坐失良机。其实理性是对风险有足够的认识，理性是建立在务实的基础之上，特别是行情进入背离阶段时期，风险已累计很大，但是这时仍具有较强的可操作性，我们此时不是不参与而是要认清我们面对的风险，当风险来临时，我们理性地采取措施，及时把风险控制到最小才是真正的理性。

中国股市经历了非理性的疯狂后，特别是在 2001 年的监管年后，那些靠资金操纵市场的庄家受到市场的严惩。在管理层的引导下，在股市暴跌的阵痛下，广大投资者认识到了理性投资的重要性，现在逐渐步入理性投资阶段。现在我们的市场在呼唤理性，如果整个市场有一个理性的投资氛围，那么操纵市场的现象也将会成为历史。

第三节　行　为　篇

前面讲过了理论基础和认识，知道人性的缺点无处不在，各种各样的心理误区存在于人的脑海中，而这些心理误区一旦表现出现，就会构成人的各种错误的操作行为。这些危险的行为是造成投资失误的根本所在，因此，找出操作误区的原因，并从根本上克服它，从而使我们的操作少犯错误，是我们在操作前首当其冲要做的事情。在本节中，我们针对投资者在操作中常见的错误操作进行一一剖析，并且针对错误操作行为制定了四大法则。

（一）八大戒律

一、戒操作市场化

浮躁的投资心态、盲目从众和无知贪婪让很多投资者市场化操作，成为漫无边际游走的羊群中的一员，面对穷凶极恶的狼群只能任人宰割！冷静的分析，理性的操作，克服市场化操作，避免成为市场的奴隶，才能成为证券市场的赢家。

一座大楼能盖多高及坚固与否，同它的地基有很大的关系，而投资者的心态就是股市操作的地基，没有良好的心态，投资者的思维、分析、行为都会受到冲击。如果我们的心态被市场所引，那么我们的操作就会跟随市场随身附和，市场是一个大熔炉，理性可能在此熔化，因而，心理误区

是导致操作市场化的根源。以下几种心理误区是促使操作市场化的最主要的原因，也是投资股票的大忌。

心态浮躁是构成操作市场化的最大敌人。当一只股票不断上升时，现场气氛会随之炙热，如果自己无法抵御气氛的诱惑，不是凭理性的分析和判断，盲目追涨，极可能中庄家拉高出货的圈套。与之相反，当投资者看淡某只股票，却犹豫未及出手，某一天该股大幅下挫，现场气氛又会是一片惊叹和恐慌，投资者很可能又出于同样的原因，心情随着市场而动，由平静最终变得恐惧，慌不迭地在底部割肉，结果反而中了庄家打压吸货或拉抬前的洗盘计谋。在市场中，心态浮躁往往会在投资者中造成紧张、兴奋、怀疑、刺激气氛，并相互诱导和传染。能够抗拒诱惑，静观其变，的确不易，需要极好的心理修养。如果头脑不清醒，不能静而待之，盲目跟进，再止损不力的话，必遭套牢。

盲目从众同样可以导致投资者进入误区。人的情绪会

第一章　理论基础

受到客观存在的环境影响，并会受其感染产生附和现象，事前已经过多次的理性分析和深思熟虑，也有可能被市场气氛所淹没，被自我的情感所左右，被股市的"五色"等所迷惑。在这种不良情感的驱使下，投资者凭着血气和本能，去进行交易。在股市行情上涨时，市场多头人气旺盛，投资者便会受市场影响而疯狂入货，这时会把许多的风险隐患抛于脑后。这时的市场主力却在暗地发笑，因为他们的筹码成本一般较低，疯狂的市场人气正是它们出货的良机。因此投资者要在人们蜂拥而至、纷纷效尤的时候保持一份清醒和冷静。不可因缺乏主见而倾其所有一窝蜂的跟进。这种心理状态很容易被人诱入圈套，成为主力的盘中餐。而在市场出现熊市的时候，人们又会产生悲观情绪，纷纷抛售自己的股票，这也给大户创造了建仓的良机。因而，保持自我清醒，不被市场的五色等迷惑是很关键的。在平心静气的时候，就能比较理智、客观地分析问题，能够不偏不倚地考虑事物因果变化，就能较少地受心理感性的支配而导致偏激的操作行为。人的思想是个复杂的难以捉摸的东西，在失去理智的状况下，什么样的事都能做得出来。因此，在自己激动或无法忍受现场气氛的感染时，应善于分析自己的心理状态，果断地使自己暂时跳出气氛之外，使自己保持清醒的头脑，静观股市潮起潮落，客观分析其内在原因，在心平气和时再运筹帷幄，做出理性的抉择。投资者应善于总结现场气氛给自己造成不利后果的经验，完善自身的心理修养，免得清醒后又懊悔不已。

无知贪婪也是操作市场化的一个重要原因。这种心理实际上是在拿自己的身家来赌博，这种投资心理期望不费吹灰之力，即想在短时间内轻易而举地牟取暴利。其特点是投资者在毫无信息资料分析，亦没有掌握一定投资技巧的条件下，仅凭点滴的内幕或道听途说的消息，便贸然作出股票交易的大胆决策。他们一旦在股市投资中获利，往往欣喜若狂；当在股市上受挫时，便输红了眼，抱怨运气不佳而悔恨绝望。这种光凭运气和机遇的投资心理，在股市上成功的寥寥无几。

二、戒追涨杀跌

追涨杀跌是投资者在操作中最常犯的错误，也是造成投资者亏损的最大根源。追根究底，追涨杀跌起因于心态。在浮躁的心态下，盲目从众、犹豫不决等心理误区会引导投资者产生不理智的操作行为，追涨杀跌就会随之出现。追涨杀跌常让我们买在天花板，卖在地板砖。这是操盘的最大忌讳。它主要有以下几个方面的具体表现。

犹豫不决是造成追涨杀跌的重要原因。有时我们看好一只股票，但是临到操作时，却因种种原因而犹豫不决。第一次萌发买入念头时，因行情还不明朗，担心而没有买，目睹行情飙升和赚钱机会擦肩而过。第二次决定买时，想到价位已高，犹豫不敢买，行情再度验证了分析正确性；鉴于分析的正确产生的自信和错失行情产生的懊悔，心态变得浮躁，终于下定决心，但是这时行情却逆转直下。相反，第一次想出货，总是想："才赔了一点，看看再讲"；第二次想："已跌了这么多，等反弹再出吧。"随着股价的继续下挫，心理随着股价下跌而崩溃，慌忙抛出，事后才发现是个底。很多投资者总结出："都是犹豫惹的祸"。

盲目从众是造成追涨杀跌的另一个重要原因。在牛市进入背离期时，在各种实质利好的烘托下，市场多头人气沸腾，"赚钱效应"在市场中得到淋漓尽致的体现。看到身边的朋友们都在某只股票上赚了几次钱，因此心理禁不住也发痒，朋友又在良言相劝：还会继续涨；要涨到某个价位；往往禁不住朋友们的鼓动而介入。这时投资者买股勇往直前，心中时时所想的是怎样买股。在行情处于熊市末期时，投资者大多割肉离场，市场人气低迷，投资者出于悲观气氛笼罩下，常常难耐寂寞，时刻所想的是怎样抛股。如果说巨量堆积的行情是对投资者贪心的检验，筑底的低迷行情则是对投资者信心的耐心的考验。所以我们对投资者的建议是：行情热闹的时候需要冷静，行情低迷的时候要耐得住寂寞。

很多投资者更是把追涨杀跌当作顺势而为，其实不然，两者是截然不同的概念，在操作中千万不可把追涨杀跌和顺势而为混为一谈。追涨杀跌根本就没有看清势在何方，操作上处于一种盲目状态，多是随波逐流，跟着感觉走，操作上涨起来才买，跌倒底才卖。而顺势而为则从大局出发，不计短期利益，站在一个高度去看待行情变化，操作上正好和追涨杀跌相反，是低吸高抛。

无数次的事实证明，追涨杀跌是投资者的最大杀手。它不但会把投资者引入误区，而且无形中也加大了投资风险。但是它往往在各种心理误区的影响下，投资者又会经常不知不觉犯错误。要想克服追涨杀跌的习惯，就要树立正确的心态，戒急戒躁，制定详细的操作计划，让得失都在掌握之中。

三、戒经验主义

如果说入市容易追涨杀跌，那么经验主义是老股民易犯的错误。在经历了一段时间的操作后，每一个投资者都会总结出一套经验。对于过去进行总结，不断地充实自己是每一个投资者应做之事，经验本身并没有错，但是因为投资者心理误区常使自己陷入经验误区，后果遗患无穷。而经验主义有以下两种：

第一种，有些投资者总结的经验本身有效性就不是很高。这个股票的技术形态和以前某只股票一模一样，后市也肯定会上涨，这样的言论在股市可谓屡见不鲜，特别是对于技术分析派更深司空见惯。大盘稳步攀升时，每一次回调都是买入的良机，都可以或多或少赚上一把。久而久之，投资者就会形成一种习惯，逢低吸纳成了我们总结的经验，当我们的思维像行情一样形成定式时，我们也就被习惯给绑住了，就会不知不觉陷入经验主义的误区。当我们习惯于逢低建仓时，可能会越买越套，等到连胆小的股民也敢逢低介入时，主力的目的也就达到了。当大盘真正见顶跳水时，股民都眼巴巴地等着主力拉起，而主力这时却露出了狰狞面目，把大盘砸个底朝天。等到散户都明白过来时，却悔之晚矣，股价已跌下去一大截。在股市里，千万不能让经验主义绑住了自己。不同的个股有不同的走势，不同的行情也有不同的走势，断章取义地总结经验根本就不能套用，每一种经验都有其所适用的环境，我们要把不同的经验放入到不同的环境中去应用，如果张冠李戴就会犯经验主义错误，切记：经验不是放之四海皆准的。

前面讲了一些投资者因为总结出的经验成功率不高，可能会导致操作失误。而另外有一些投资者经验成功率极高，但是却会犯很大的失误。一些有着成功操作经验的投资者，往往把自己的经验视为神乎其神，认为是"东方不败"。当依照某些经验操作出现偏差时，不能理解所发生的现象，不能面对现实。还有的投资者因为对经验过于信任而掉以轻心，对风险视而不见，结果遭受巨大损失。其实，股市没有百战百胜的经验，任何技术分析都可能会出现失误。

总之，我们要操作经验不可以不总结，但是不可把经常出现的现象总结为经验；也不可能把经验奉为神圣，造成迷途不知返。

四、戒做多不做空

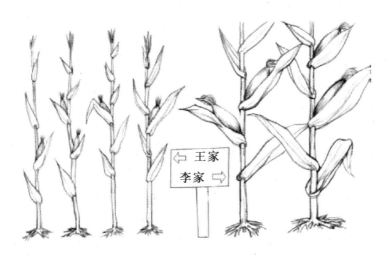

中国股市没有做空机制，先买入股票后卖出才有机会赚钱。于是赚钱的投资者为赚更多的钱，便会乘胜追击，赔钱的投资者为了早日翻身，天天满仓操作，很少有人把做空当作操作的一部分。其实做空虽然不可以赚到钱，但是却可以赚到股票，让我们回避风险，取得机会，可以让你保持一份清醒。

股市中的钱永远赚不完。贪心的投资者认为天天操作才能取得最大的收益，所以为了取得最大的效益，天天泡在市场中，天天操作。其敬业精神着实可嘉。其实不然，投资者经常泡在市场中，天天操作，就会受市场所影响，被市场所同化，"不识庐山真面目，只缘身在此山中"是经常泡在股市中的结果。每操作一段时间后，空仓一段时间，可以让你冷静分析行情，采取英明果断的措施。赚钱的投资者可以戒骄戒躁，免犯错误；赔钱的投资者可以恢复冷静，避免陷入赌博误区。

空仓就好象是在浪费资源，不能创造效益。其实不然，当多头行情即将向空头反转，投资者由做多及时转为做空，在高位卖出股票，获取现金，而后离场观望，直到行情再次出现反转的时候及时补仓。由于股票价格的反复下跌，同样的资金在一个较低的价位上可以买到更多数量的股票，即赚取股票，一旦股价上扬，就会获得更大的收益，这也叫做空投资。在低迷市道中，理性的投资者应当及时做空。学不好做空的投资者在股市中只能是输家。

做空可以使投资者回避风险，给投资者提供机会。无论牛市和熊市，股市每年都会出现几次较大级别的行情，然而为何很多投资者却仍会赔钱，主要就是因为大盘下跌前没有及时空仓，跌到底时没有可用的资金去补仓，眼睁睁看着行情飙升，别人在赚钱的时候，他却仍在等解套。

总而言之，做空本身就是一种顺势行为，它可以让我们能够有时间去充电，保持一份冷静去客观分析行情，可以让投资者在具体的操作上辨认行情的大致方向。在多头市场做空，赚钞票；在空头市场做空，赚股票。

五、戒梦想吃完行情

儿子，今天我给你讲讲我多年摸象的经验

利润的最大化是我们投资者的最大追求，但是如果不采取务实的态度，追求不切实际的利润，往往会事与愿违。一些投资者想每一波行情都赚完，放长线还要把中间的回调吃掉；还有的投资者是想天天骑黑马，天天换股。人无圣人，股市同样没有圣人，如果说追求利润不采取务实的态度，将会过犹不及。

无知贪婪是造成此误区的最大原因。谁都梦想把行情

第一章 理论基础

赚完，但是没有人能做到，所有的投资者都一样。如果刻意去追求不现实的利润，会适得其反，出现该赚的没有赚。我和一位朋友在2000年6月份共同以14.30元买入乌江电力（000975）。随后该股展开反弹，慢慢攀升到15元多，她在2000年6月27日以15.50元抛掉了该股，随后该股又慢慢滑落，按理说这是一件好事，因为这样就可以在更低的价位再买进，把投资成本降得更低一点，一旦在投资对象选定之后，买入价位便决定了投资收益。她又在2000年10月份以13.50元补仓，之后该股又涨到15元多，她又以15.20元抛出，从操作上说近乎完美。但这两次成功操作成为后来失误的根源。我曾多次提醒她不要再这样做了，这种操作有点急功近利，一旦出现主升浪，会得不偿失，到时后悔就来不及了。但连续两次的成功已使她充分地相信自己，自信自己分析透彻。到2001年5月30日，乌江电力正式启动，而我这个朋友又以15.30元卖出，后来该股一路狂涨，短时间内大涨至27.90元。股票投资最难的就是短线和中线的兼顾，一般短线做得好的，中线总有点欠缺；中线做得好的，短线并不怎么样。一心无法两用，顾此就难免失彼。由于她有着连续两次操作的成功经验，所以第三次失误在所难免。鱼与熊掌两者不可得兼，我们要舍鱼而取熊掌，要把握市场节奏，有长线做时，尽量不要短线操作。

还有的投资者看着涨幅榜中天天有大涨的股票，便以为如果天天操作赚几个点，那么一年下来也会有不菲的收益，所以是天天找黑马，天天都要买股票，结果一年操作下来，赚的钱还不够交手续费。这类投资者往往是被股市的赚钱效应所误导，只看股票涨幅第一版，却不知股市风险所在。往往是偷鸡不成反蚀把米。

股市中永远有赚不完的钱，保持一份平常心，克制贪心，只要预期行情会涨，就要以长线操作为主，坚持四大法则，不可为一时贪念而前功尽弃。只要行情没有出现反转迹象，在能承受的波动内，就要果断持有。

六、戒孤注一掷

孤注一掷的原因有多方面。有的投资者因为听到了所谓的绝对的内幕消息，有的投资者是遇到千载难逢的投资机会，有的投资者是因为亏了钱急于捞回来，在操作中便会失去理智，用全部资金放手一搏。成功固然值得庆幸运气好，但是一旦亏损却往往血本无归。孤注一掷的原因有以下六点：

好，就拿性命和你赌，俺老孙怕你不成！

（1）那些听信某些所谓内幕消息的投资者，大都是陷入了盲目从众的心理误区。主力操盘手少则动用几千万资金，多则几十亿资金，其保密性极强，往往只有少数人知道，他们的亲爹亲娘尚不一定会透露。我们所能听到的"内幕消息"，其可信度有多大可想而知，如果我们广大投资者都知道了，还有何内幕可言。股市中存在的内幕消息，要么是某些别有用心的人杜撰的，要么是某些主力利用的工具。总之，靠内幕消息去孤注一掷的投资者大多数是死路一条。克服盲目从众心理误区才能不致于落入此圈套。

（2）有些投资者操作成功率较高，总结了不少心得，但往往又会陷入了盲目自信的误区，找了一万个要上涨的理由，以前操作按此分析也没有错过，认为机会千载难逢，结果满仓介入，但是股价却迟迟不涨，或者是出现下跌，又不愿意面对现实，导致重大亏损。出现这种情况，多因盲目自信而看不清风险存在，其看涨的理由越多，其潜在的风险越高，克服盲目自信才可以避免出现这种失误。

（3）有些投资者在股市中因操作不利亏钱后，便会急于求成，往往为捞回本钱而放手一搏，这类投资者其实就是在赌博。不可否认，从某种意义上来说，股市市场确实存在着投机取巧的赌博性质。所以投资股市必须承担一定的风险，尽管这个市场避免不了机遇和运气，但真正成功的根本却是凭着智慧和操作技巧。然而有些人梦想着摇身变成百万富翁，于是孤注一掷地盲目投资，甚至倾家荡产也在所不惜。这种盲目冒险的赌博行为，往往会迷惑人们的视线，难以准确地作出正确的判断和决策，同时也会引起股市的混乱。这种人一旦赌输，最容易导致精神崩溃甚至自杀的悲剧。应切记：赌博是风险的深渊；智慧性投资才是成功的源泉。还是小心谨慎为好，股市风险莫测，要在股市中长久操作，风险防范是我们首要任务。这也是我们为何把坚决止损作为四大法则之一的主要原因。我们也要从历史和别人教训吸取经验，通过自己的操作来总结代价过于昂贵一点。强势和弱势各有不同的资金管理方法。满仓杀入，赚了当然皆大欢喜，但是赔了后果不堪设想，辛苦几十年，一夜回到解放前。

当局者迷，所以教训总是失败后才总结出来的。每买一个股票。总把所有的资金都投进去，可能会小小地赚上几笔，却经不起三四次接近底部的大割肉，多年不得翻身。要克服心理误区，建立科学的资金管理方法，分兵渐进。李嘉诚说过：投资股市想赚钱，首先要尽量少亏钱。

七、戒患得患失

投资者在市场中，每天都置身于股市的风云变幻中。眼看着瞬息万变的行情变化，听着难辨真假的各式消息和言论，目睹别人投资的喜怒哀乐，体味着自己成功和失败的酸甜苦辣。而对变化无常的股市，投资者常常感到困惑迷惘，心也会随着股市的跌宕起伏而潮起潮落。在成功和失败的影响下，难免会操作前，三心两意，随便更改自己的操作计划，在操作时，犹豫不决，患得患失。

常言道：胜败乃兵家常事。但是许多投资者常对过去念念不忘，有的

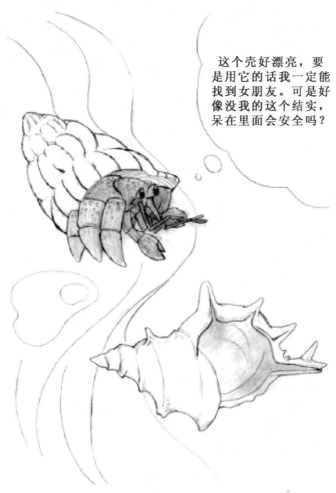

这个壳好漂亮，要是用它的话我一定能找到女朋友。可是好像没我的这个结实，呆在里面会安全吗？

沉迷于过去的成功之中，有的对过去的失败耿耿于怀、懊悔莫及。失败和成功只能代表过去，我们可以从中总结经验和教训，但是不能为此所困。不能从过去的阴影中摆脱出来，我们就难以把握住现在，更不要说预测未来。在风险莫测的股市中，存在许多不为人知的不可抗拒的因素，所以，股市没有常胜将军，股神巴菲特、金融大鳄索罗斯尚且有惨痛的经历，我们普通投资者又何必对失败懊悔不已，学会面对失败是投资者成熟的一种体现。有时学学老前辈阿Q也未尝不可，要从失败的阴影中摆脱出来，但也不能拿过去的成功记录当饭吃。股市行情是善变的，每一次操作都有可能面临着失败。因为自己的一次或一段成功的经历而忘乎所以，认为自己掌握了股市的脉搏。如果有这种心态作祟，就会在亏损的情况下死不回头，导致惨败。

在对过去念念不忘的心理影响下，投资者就会陷入三心两意和犹豫不决的心理误区。投资者在制定计划时三心两意，往往是前怕狼后怕虎，常想起以前赔钱的经历，逢低吸纳时担心股价进一步下跌而被套，突破跟进时担心是骗钱；逢高出货时，担心出货后股价会继续上涨，错过赚钱良机；止损时，担心股价会重新走好。操作时之所以患得患失，是因为没有制定详细的操作计划，没有正确的投资理念和操作系统作指导。如果我们制定了详细的操作计划，得与失都在预期之内，患得患失自然不复存在。

八、戒操作错位

无论长线或短线都有不同的投资策略。持仓方式和投资策略是"一个萝卜一个坑"，如果我们在操作中被心理误区所引导，出现张冠李戴的情况，原来计划好的长线操作的策略被用于炒短线，或者原来计划的短线操作被变成长线，我们的投资收益就会因操作方式的错位而受到很大的影响。

长线变短线的操作错位在股市中司空见惯。我有一个朋友，从事证券咨询业多年，分析能力出类拔萃，有着自己一套独特有效的分析方法。从深发展，上海梅林到烟台万华，那些大牛股都被他力荐过。尽管如此，他自己操作却仍未能跑赢大盘。原因何在？长线变短线也。他每一次买入大牛股前都是有一大堆理由看涨，信誓旦旦地看到涨到某某价位，但是一旦介入后，他却因为心态浮躁而往往操作时三心两意，一只大牛股只赚一点。我的朋友从分析判断能力上说可以算得上投资者中的佼佼者，之所以赚不到钱是因为不能坚持其对行情的分析判断。为何会出现长线变短线？究其根源，有的投资者是因陷入贪婪误区，希望能把行情赚完，却忘记了自己不是圣人，其实一只合金投资足以让你跑赢大势。有的投资者三心两意，习惯于临阵变脸。有的投资者则是因为长期短线操作使人的思维养成习惯，把本来预期长线操作的个股当作短线来操作。因此，要克服长线变短线，就要敢于坚持我们的操作计划，只要不出现反转信号，就不要怕回调，坚持到底，要全心全意地捂住，一直坚持到目标位，哪怕分析说明可以做一下短线也不要做。

长线当短线操作很可怕，同样的，短线当长线也同样会带来不利的后果。当大盘进入弱市的时候，个股基本上没有强势，空仓或者是短线操作是最佳选择。这时一些习惯于长线投资的人，如果仍不能改变投资思维，仍按长线操作，将会出现偷鸡不成蚀把米的结局。短线操作本身就是为了追求短期目标而进行的交易，如果看到赚了钱从而萌发贪念，把原本计划好的短线操作又当作长线，会使我们陷入盲目操作。其结果可想而知。我们如果打算做短线，就不要在股价上涨之后，萌发贪念，妄想大赚一把，否则，结果往往是赔了夫人又折兵。短线当长线，其结果是亏损，长线当短线，其结果是该赚的利润化为泡影。

总之，长线和短线都有着自己的运行规律性，如果我们计划长线操作，就不要三心两意而变成短线，如果我们计划短线操作就不要因为贪念而把短线变成长线。面对瞬息万变的股市行情，若不从实际出发，见异思迁，是百害无一益。

（二）四大法则

1. 顺势而为

趋势是我们投资者最好的朋友，也是一个霸道的朋友，顺应它，它给你一切，违背它，它会严厉的惩罚你，顺势而为是成功投资的根本，不懂得顺势而为的投资者注定是失败的投资者。

"势"不可挡这个成语在股市中体现得可谓淋漓尽致，多少投资者因为错过大势而长叹不已，又有多少投资者因为逆势而入世纪之套。到底势为何物？势是在政治因素、经济因素和人为因素等影响市场的内在原因作用于市场价格而产生的一种外在表现。我们每个投资者只能是股海中的一点水，在一个成熟的市场，对势的判断正确与否，是投资者是否成功的标志。

顺势亦要分析具体情况，各种趋势所采用的操作手法又各有迥异。从时间角度来划分，势有三种：长期趋势、中期趋势、短期趋势。根据我们的操作思路去确定我们要去顺应的趋势，如果我们是长线投资者就要顺应大势，只要大趋势不被破坏就可以不去理会；中线投资者则要去顺应中期趋势，有时则可违背与大势；短线投资者则更多关注的是短期趋势，对于中长趋势则可视而不见。炒股票的目的，无非是想有收获。若想有丰收之日，炒股时要有个定位：短线、中线还是长线？否则可能近利的不到、远利又丢掉。顺势就是要明确你的目的何在，要确定一个炒股的时间界限，不要疲于奔命地想捉黑马。其实，如果你决定用短线的炒股方式，那就要见利就跑、快进快出。如果决定长线投资，那就要沉住气、稳住神。如果买股前没有定好做短线、中线还是长线，很可能会"短线变中线，中线变长线，长线变贡献"。

顺势者昌，逆势者亡，所有人概莫能外。这本是老生常谈，但在实际操作中违背者比比皆是。有的人在股票涨势如虹时却迟迟不敢进仓，坐失良机。而有的人在股票熊途漫漫时，却在一直寻找底部，梦想捕捉黑马，结果是赔了夫人又折兵。任何人和机构都只是市场中的一分子，如果企图让市场服从自己只能受到市场的惩罚。有百年历史的巴林银行之所以一夜倒闭，有金融大鳄之称的索罗斯之所以遭遇滑铁卢，原因皆出于此。总之跌势不抢反弹，涨势不做回调。

"水无常形，兵无常胜"，势同样是可以随时改变的。势到底在何处？这个问题曾使许多的投资者感到迷惘，也是一个投资者面临的最大难题，国内外的许多股市分析师都有对这方面的论述，也都有其实用价值。我经过许多年的实践总结出了趋势图，使趋势不在神秘不可捉摸。这在以后内容中将有专门的论述。顺势要随机就变，没有只升不跌的股市，也没有只跌不升的股市，原来顺势行，一旦市况逆转，如不立即掉头，顺势而为就会变成逆势而为。一定要随机就变，化逆境为顺境。

要做到顺势就不要主观臆测顶和底，不要奢望自己能在最高价卖出和最低价买入，因为你放眼一个月，成交的价位有很多，但是顶和底却只有一个；放眼一个周期，成交的价位有无数多个，而真正的顶和底也只有一个。操作就像打兵乓球，只要能够得分就 OK 了，不要想每个球都成擦边球，恐怕世界冠军亦做不到。去掉贪心，才能真正做到顺势。

顺应趋势还要有坦然面对失败，不管我们花费多少的心血，不管我们的理论有多么的高深，失败总会不期而至，当我们投资方向有背于趋势时，我们要果断修正我们的操作，追随趋势而行。

顺势而为并不是提倡追涨杀跌，追涨杀跌是一种无知的操作手法，顺势而为则是操作的至高境界，追涨杀跌往往是买在上涨趋势的高点，卖在下跌趋势的底部，是顺势而为的天敌，可悲的是，在市场之中还有些投资者打着顺势而为的晃子，做些追涨杀跌的苟且勾当。

通过对多年的实战经验总结，发现我们的股市存在着极强的规律性，学会分析判断趋势的拐点和运行规律才能真正做到顺势而为，顺势而为才不至于成为空话，趋势才能真正成为我们知已。对此，我总结出了趋势图和百变图，能够简单明了地把握趋势，并且准确性极高，投资者可以通过行情进行验证。

2. 大胆果断

我们在前面的理论基础中讲到人都有性格上的缺陷，果断大胆的性格并不是每个人都有的，但是大胆果断的性格在这个特殊性的市场中却有不可估量的作用。它体现了一个投资者对机遇的把握能力，是成功投资者的必备素质。而相反的犹豫不决、三心两意等则对操作害处很大。

成功的投资者要做到卓识和胆量的完美结合。我们对股市作出的一切和判断只能是我们的卓识。我们对股市作出的一切分析和判断只能是我们的卓识，有时却没有胆量承受市场的压力。不果断就不能把握市场机遇。证券市场本身就是充满各种风险的场所，因此我们不能畏惧风险，要有敢于面对风险的胆量，只有具有超人的胆识才能够冷静地把握市场脉搏。而机遇更是稍纵即逝，犹豫不决只能使机遇和我们擦肩而过。大胆果断的性格将有助于你在股市中成功。据美国美林公司研究结果证明，美国的军人参与股市投资的成功率远远高于其他的投资群体，这主要是军人的大胆果断的性格所决定的。

有些投资者认为富贵险中求，因此从不知害怕为何物，股价连续大幅上扬仍敢追入，这种做法不是大胆果断的行为，而是一种非理性的行为。

大胆不等于盲目，这里所说的大胆是在客观分析行情的基础上果断地作出决策，而并非是看到行情上涨就盲目追高，更不是行情下跌时便割肉出局。如果不能正确分析行情而大胆入市是一种盲目的行为。在对行情进行了全面的分析后要果断地采取行动，踯躅不前、犹豫不决带来的只能是遗憾。

当然有时胆量不是想具有就可以有的，有时我们经过了详细的分析和计划，但是到操作的时仍会出现害怕的心理时，可以不去做，千万不可强求，行情错过仍会来。而我们资金亏损后将不会重来。有些投资者之所以胆小，主要是因为在股市中经历了太多的挫折，是一种过于谨慎的态度而已。胆大不可强求，随着操作的成功，胆子自然会大，常言道"艺高人胆大"。

第一章 理论基础

　　总之，如果在操作中做到大胆果断，我们就能把握机遇，让正确的投资计划得到实施，减小亏损，让错误的计划夭折。

3. 严格止损

　　严格止损是在证券市场长久生存的法宝。没有敢于认错的精神，早晚要受到市场的惩罚，迟早被市场淘汰。股市风险莫测，风险是伴随在每个投资者身边的无形杀手，因此在每一次操作中都要设立严格的止损点，用来化解市场的高风险。"王佐断臂"乃智者所为，识时务者方为俊杰。

　　止损点的设立要有依据。我们不能凭空设想止损点。为了使我们设立的止损点具有真正的止损价值，为了使我们没有无谓的损失，在设立止损点时，要通过各种技术分析手段，例如：在百变图中，价位从 B 区穿越临界点时；在趋势图中出现下跌蓄势区时；在形态分析中，"M 头"、"三重顶"、"头肩顶"等形成并确认时。如果我们的止损点设立不正确，止损以后行情又朝有利于我们的方向发展，会给我们带来不必要的损失。

止损在实际操作中分为两个方面，首先是在我们对行情分析发生错误时，在价位达到我们的止损点时，我们一定要做到"严格"，坚决离场，绝不能为自己寻找理由，更不能抱有幻想，寄希望于行情能反转。要做到把损失控制在最小的范围内。而另一种情况则是在我们对行情的分析正确的情况下，我们所持股票已经赚钱时，当行情有逆转迹象，价位达到止损点时要赶快出仓，落袋为安。这种情况下止损点的设定要采用跟进的办法，也就是随着价位的变动而不断地调整止损点。总之要做到"花开堪折直须折，莫待无花空折枝"。

严格止损最大的天敌是侥幸心理和犹豫不决，当股价已经达到止损点时，却仍抱着看看再说的态度，希望行情会反转。同样也会在股价已突破止损点，并且出现快速下跌的情况却不采取果断行动，一步步陷入了套牢的深渊。

从心理上我们对待止损要有一种超然的态度。止损随时可能出错，既不能因为止损所造成的损失而痛心疾首，也不能因为止损失误而懊悔。止损只能说明我们对行情分析不够透彻。要从我们自身找出原因，防范失误重复发生。总之，"君子不立危墙之下"。

中国的股市现在还没有规避风险机制，还没有抛空机制，股指期货也没有推出，因此我们更应提高对风险的警惕性。止损也就是要我们承认失败。面对亏损要处之泰然，千万不要让其影响到我们下一步操作。美国前总统尼克松在《六次危机》一书说过："往往失败较之胜利更能够给我带来较大的教益，我所希望的仅仅是：在我的一生中，胜利比失败多一次足够了。"我们广大的投资者是否可以从中得到某些启示呢？

4. 长线持有

利润的最大化和风险的最小化可以说是股市操作中的最大追求，也是炒股的最高境界，而且也是我们每一次操

第一章　理论基础

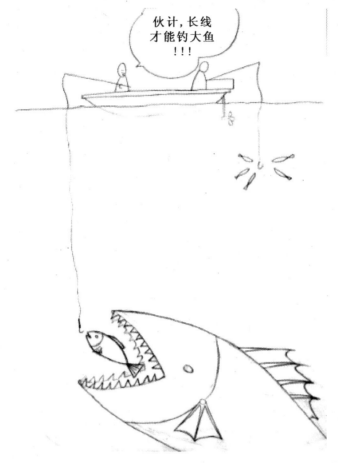

作要实现的目标。前面我们已经介绍过，通过严格止损来使我们的风险最小化但是怎样能够实现利润的最大化呢？实践证明只有"长线持有"才能够使利润最大化。

"见风要驶尽帆"。现在股市中有六成以上的投资者是亏损的，但是从具体操作情况看，他们都曾经捕捉到过黑马，但为何最后还是亏呢？最主要的原因就是没能够长线持有。因此我们在操作中一定要"贪"。现在许多股评人士劝投资者在操作中不要贪心、见利就走。试问：股市风险莫测，许多投资者都是冒着倾家荡产的危险，如果不是为了一个"贪"字，有人愿意冒这个风险吗？证券市场的投资者基本上都是"富贵险中求"的信徒。当然贪要有度，要学会科学地去"贪"，要具备必要的风险意识对待我们看准的个股，我们要有"宜将剩勇追穷寇，不可沽名学霸王"的气概。

"长炒必输"。现在许多投资者喜欢炒短线，把炒短线作为投资盈利的主要手段。有些经验的投资者赚钱的次数远远多于赔钱的次数，但最后却仍然是亏损的，原因何在呢？首先是股市中存在许多潜在的、不可抗拒的风险，包括政治、人为操纵等等，频繁的炒作只会使我们承担潜在风险的机率大大增加。特别是现行的T＋1交易规则更使我们的风险防范措施力不从心。另外，我们要交高昂贵的手续费，如果说每个投资者每年都有 60 次操作，那么整个股市的资金就只剩下 10％了。因此频繁的炒作使我们投资的利润和风险不成正比，投资者长期短线炒作还有不赔钱的道理吗？

要想做到真正的长线持有，还需要克服性格上的缺点。很多人在操作之前是打算长线持有，但是在获利后，由于种种出现的不利消息，想到已经有利可图，还是落袋为安。大户刻意制造的陷阱，使你害怕煮熟的鸭子再飞了。还有的是因为自己的耐心不够，抢了一顶小帽子便草草收场。

当然，长线持有还要基于对市场的正确判断，并不是要投资者一条道走到黑。如果行情要反转，或者是跟进止损已到位时，也要果断离场。国内外的所有纵横驰骋在股市中的投资大师们，恐怕没有一个是以短线出名的，以前没有，恐怕以后也不会有。"长线是金"是永恒的真理。

循

环

理　52

论

第二章

操作系统

股市没有一招制胜的法宝，影响收益的因素很多，顾此失彼都有可能出现操作失误。只有把影响操作的各种因素有机结合起来，形成一套有效的操作系统，才能在千变万化的股市取得成功。本章之所以称做操作系统，就因为它不但包括理论基础，还有实际操作；不但有正确方法，还有对错误的防范；不但有操作手法，还包括制约因素；即包括基本面分析，又有技术分析。理论是为实践服务，前面所讲的理论基础，就是要为我们的操作系统服务，它是我们整个操作系统的指示导航灯，为操作系统的各个方面奠定了牢不可破的基础，引导着操作系统各个方面的顺利进行。这里的操作系统是在理论的上、克服了八大误区、真正做到八戒、树立了务实和理论的前提下，通过对基本面的详细分析、对技术面的精确计算，采用合适的资金管理法，最后才做出的一套系统化的操作计划。

操作系统具体包括以下几个方面的内容：

⊙投资理念。正确的投资理念是在证券市场上成功的基础，务实和理性更是永远不变的真理，可以帮助投资者有效克服八大误区。

⊙四大法则。股市是一个因难以捉摸而极具吸引力的游戏，它有不能违背的游戏规则。遵守游戏规则的人，享受着游戏的乐趣；而违背游戏规则的人，则遭受着它无情的戏弄。证券市场的无情，主要是因为投资者不愿遵守它的游戏规则而已。通过多年的操作，我们总结出此四大法则，它无处不在地出现在我们的操作系统之中，告诫并约束着我们不要违背股市的游戏规则。

⊙基本面分析：基本面的分析可谓是包罗万象，其敏感却又难以论断。其实对于基本面的变化，发生过的事情，行情自会有所表现，未发生的事情，我们想也没有用。我们在这里对其进行分析研究，并不是强调用它来预测行情，只是能为我们的技术分析找个原因而已。

⊙技术分析：多少投资者在趋势面前晕头转向，在这里，趋势图让神秘莫测的趋势无所遁形，为我们顺势而为提供了坚强后盾。百变图则是一种可以包容几种大的理论体系的技术分析手段，它具有利润最大化和风险最小化的功能。在百变图中，压力支撑可以一目了然。它是可把道氏理论、波浪理论、点数图等各种形态分析同时应用，也可单独使用的一种分析方法。成交量更是技术分析可不可缺少的工具之一。股价变化真真假假，成交量就是最公正的法官，对真假一看便知，灵活地掌握成交量的变化对股价的影响。掌握成交量的变化可以让技术分析如虎添翼。

⊙资金管理；许多投资者脑海中就没有资金管理的概念，只把操作当成简单的对与错，认为收益和资金管理没有关系，向来不知这个是投资者容易忽视的环节。事实却证明，其对我们的操作成功与否有着举足轻重的作用。灵活应用手中的筹码，会使我们的操作如鱼得水，是我们操作系统中很重要的一个环节。我经过多年的操作得出的这些资金管理方法，不但可有效地防范风险，而且会给我们的操作带来意想不到的收益。

⊙投资计划；"事不预则不立"，没有详细的操作计划，而是靠一时冲动、道听途说去操作，面对风大浪急的股海，难免会触礁翻船。"胜兵先胜而后求战"。股市操作同样需要如此，一个详细的操作计划可以使我们未雨绸缪，防患于未然，免得行情有所变动时而手足无措。投资计划书把操作系统的各种分析进行融会贯通，我们的操作只是在执行任务而已，而不再是与风险共舞。

总之，以上各个方面都至关重要，缺一不可。首先，它们都离不开理论基础，离开了理论基础，就变成空中楼阁，就像风筝断了线。而且只有各个方面相互作用，才能相得益彰，才是我们操作系统的宗旨所在。

第一节　基本面分析

股价的变动来源于基本面的变化。但是通过基本面对行情进行预测却非易事。我们知道影响股价变动的因素包罗万象，要想准确地预测行情，宏观经济不可不察，它是个大环境，在很多时间里，可以左右着很多行业的走势，是我们要分析的首要问题；国家政策对行情也会产生举足轻重的作用，在中国股市的历史上，很多时候政策决定了行情的发展；行业生存环境的变化有时也会对个股产生影响；个股本身的一些因素，如股本结构、成长性等对行情也会产生深远的影响。下面我们就对股价产生重大影响的一些因素具体分析。

（一）宏观经济形势与政策因素

1. 经济周期

经济的发展呈现出螺旋式的周期性。股市是：经济的晴雨表，所以股市将提前反映经济运行规律。总体上，当经济刚刚走出低谷时，一些英明的投资者已透过黑暗看到光明，对未来经济形势开始有着较好的预期，从而对公司的利润和发展空间也有美好的憧憬。明智而果断的投资者开始试探性购入股票，使得大盘摆脱弱市并随之上扬；等经济出现真正的繁荣时，各种利好政策也接踵而至，各种利好经济数据出现在投资者面前，更多的投资者认识到好的经济形势已到来，特别是这个时候的公司经营形势已经实际好转，利润不断增加，许多好的现象已摆在投资者的面前，投资者完全认同，大盘必呈现出大牛市。而相反，当经济繁荣接近顶峰时，明智的投资者意识到这一点，开始撤离股市，股市也会随即逆转直下。到经济出现衰退时，很多经济不景气的事实摆在投资者面前，大多数投资者开始抛售股票，于是股市加速下跌。不过不同行业受经济周期的影响程度不一样，有些行业（如钢跌、能源、耐用消费品等）受经济周期影响较明显，而有些行业（如公用事业、生活必需品）受经济周期影响相对较小。

2. 通货膨胀

通货膨胀对股市的影响十分复杂。总体上来说，适度的通货膨胀会刺激经济发展，从而也会促使股市升温。但是当通货膨胀过度时，以下两个方面将对股市产生不利的影响；第一，人们因担心货币贬值而将大量资金投入保值行业，大量资金从股市中抽出，造成股市失血，导致股价下跌；第二，物价上涨，企业成本增加，盈利水平下降，投资者信心失去，开始抛售手中股票，从而造成股市下跌，对证券市场将产生极大的负面效应。

3. 利率水平

当利率提高时，首先，贷款利率的提高，增加公司成本，货币供应量减少，公司资金困难，从而降低利润，甚至出现亏损，而同时也增加投资股市的成本，最终导致投资者抛售手中的股票，导致大盘出现下跌。存款利率提高会使社会闲散资金流向银行，从而使股票市场出现失血，造成股市下跌。相反地，利率水平下降时，会提高上市公司的盈利，促使资金向股市回流，降低投资成本，最终导致股市上涨。

4. 币值水平

如果本币贬值，资本从本国流出，就会使股票市场出现失血而下跌。例如：墨西哥、阿根廷等国因出现金融危机而出现货币贬值时，股市都曾出现暴跌。这种影响对国际性程度较高的证券市场影响程度较大，对国际性程度较低的证券市场影响较小。从东南亚金融危机，中国股票的表现我们可看出这一点。

5. 财政政策

当政府通过消费刺激或压缩经济时，将会增加或减少公司的利润和股息，当税率升降，时，将降低或提高企业的税后利润和股息水平。财政政策还影响居民收入。总之所有影响将会在证券市场得到体现。

总之，宏观经济因素和政策因素较为稳定，对股市影响较为深远，长线投资者必须详细分析并利用，但是中断线行情却不受宏观经济的影响，投资者在进行中短线投资时不需把这些因素掺杂进去。

（二）行业因素

1. 行业周期

经济发展有其内在的规律，各个行业也彼此关联、互助影响。在经济发展的不同时期和阶段，不同行业可能会有不同的表现，某一行业伴随经济周期有不同的现象，这便形成伴生周期。一般行业的周期分为四个阶段：初创期、成长期、稳定期和衰退期。一般在初创期，盈利少，风险大，因而股价较低；成长期利润大增，风险有所降低但仍然很高，行业总体股价水平上升，个股个股价格波动较大；在稳定期公司相对稳定，风险较小，股价比较平稳；衰退期的行业通常称为夕阳行业，盈利普遍少，风险又重新聚集，股价呈现出下跌趋势。

2. 其他因素

行业股价变动还受政府政策的明显影响。政府通过行政、财政政策鼓励某个行业的发展，行业的经营状况和盈利都将增加，也提高了人们的预期，从而使该行业的股价上涨。相反则会出现下跌。相关行业的变动对行业股价也将产生影响。某行业的产品价格上涨，行业的毛利率提高，利润上升，股价会上升；替代行业的产品价格下降，行业的产品需求量会提高，盈利增加，股价会上升。

3. 公司因素

公司因素一般只影响特定公司自身的股票价格。这些因素包括：公司的财务状况、公司的盈利水平、股息水平与股息政策、公司资产价值、公司的管理水平、市场占有率、新产品开发能力、公司的行业性质等。这些因素使大部分投资者关注的对象，很多投资者就把公司因素当作基本分析进行投资。

（三）突发因素

所谓突发因素，就是投资者不能预测的各种因素，它包括政治突发因素、重大军事事件、重大财经政策。例如："9·11"事件、邓小平逝世、国有股减持等都对股市造成了重大冲击。国家政策的稳定性和一贯性是股市保持良性发展的前提，但中国政策的反复无常常使我们操作计划无所适从。我们在这里也真诚地希望中国股市早日走向成熟，做到"让市场说话"。

（四）政治因素

政治因素指国内外的政治形势、政治活动、政局变化、领导人的更迭、执政党的更替、国家政治经济政策与法律的公布、国家重大经济政策、国家或地区间的战争和军事行动等。股价的波动，除了受经济的、技术的、社会心理的因素影响外，还要受政治因素的影响，而且这一因素对股价的影响是全面的、敏感的。这些因素，尤其是其中的政局突变和战争爆发，会引起股票市场价格的巨大波动。上述政治因素中，经常遇到的是国家经济政策和管理措施的调整会影响到股份有限公司的外部环境、经营方向、经营成本、盈利以及分配等方面，从而直接影响股价。

（五）业绩、股价、外部环境

上市公司的业绩和股价与外部的大环境有很大关系，同时最关键的还是其自身因素。下面是对其有着重要影响的各个方面：

1. 股本机构

在有效的资本市场，股本结构是一块被市场啃过的烂骨头，没有任何利用价值。但是到了中国股市，股本结构因具有中国特色，倒成了许多投资者研究的对象，其中不乏大机构。通过对市场"黑马"的研究，我们发现，股本结构是主力选股的一个重要方面，"黑马"大多出没在股本结构比较合理的股票之中。上市公司的股本结构包括：总股本、流通股本、大股东的持股情况等。

总股本具有相对意义。首先，总股本较小的上市公司一直是主力重点关注的对象，总股本较小，股本扩张潜力较大，重组可能性大，主力较容易控盘，使得投资者有了想象空间。其实，对小公司的偏爱并不是中国股市的专利，在成熟的证券市场中依然有这种现象，这就是国外所说的"小公司效应"。国外各地股市每年涨幅居前的大都是总股本较小的公司。其次，同样流通盘的上市公司，总股本越少，则更会受到主力的关注。我们所看到的上市公司的财务指标，比如：每年收益、净资产收益率、分红配送方案等，都是以总股本为计算依据的。而主力介入个股后大部分需要上市公司的配合，如果主力要想使同样流通盘的个股提高每股收益，总股本较大的个股将会提高主力的操作成本。所以，在流通盘相同的情况下，主力更愿选取总股本较小的上市公司。

流通盘虽然只是总股本的一小部分，但是却是最重要的部分。首先，同等条件的个股，流通盘越小，控盘所需资金就越少，越容易控盘。因此，在同等条件下，我们在操作时要以小流通盘个股为首选。其次，流通盘小的上市公司去股本扩张就相对来说空间要大一些。我们从过去的黑马中不难发现基本上大部分的黑马都出现在小流通盘的个股中，清华同方、东方电子等一大批黑马都是从小股本做起的。

中国股市仍是资金来推动，因此大股东的持股情况在很多时候反映了主力介入程度的大小，值得我们去关注。从这里我们可以发现一些主力的动向，也可以挖掘一些主力要炒作的题材，从而达到战胜主力的目的。我们也同样可以发现主力的一些蛛丝马迹，例如从天通股份来看，虽然其为民营企业，但我们可以想象其在二级市场上运作有其灵活性。

2. 成长性

基本分析派的投资者都知道，通过基本面选股的方法多得让人眼花缭乱、不胜枚举，但是我们也不难发现百变不离其宗，都是围绕着一个最根本的因素，那就是挖掘上市公司的成长性。不管你是通过上市公司的股本结构，还是通过上市公司的业绩，还是对公司各个方面的研究挖掘，成长性都是研究的"中心思想"，是所有投资者通过不同渠道所要得到的共同结果。

一只股票短期可能会出现其价值背离现象，但是从长期来看都要实现价值回归。而一家公司价值的高低，最关键还是看其是否具有成长性。前面我们介绍过了股本结构的重要性，其实股本结构也是一只个股成长性的一个方面，因为中国股市上市公司成长性的重要方面包括两个方面，一是其本身具有较高的发展速度，二是其重组的可能性大小。

现在有很多投资者认为每股收益高或是市盈率低就是成长性好，这其实是一个误区。实际上一只股票的好坏与其现在的收益关系不大。一只股票的成长性好坏主要有以下几个方面的原因：

（1）管理水平。管理水平是影响一家公司业绩的最大可变性因素。卓越的管理水平是企业保持成长性的先导和基础。所以我们首先要挖掘上市公司的管理层水平，管理者的良好的专业素质、顽强的进取精神和超前的创新意识在某种程度上决定了公司业绩和发展前景，从四川长虹的管理层更换我们可窥一斑。

（2）主营业务的市场需求。公司产品的需求是上市公司股票成长性的客观基础，这也是一些新材料上市公司被主力炒作的主要原因。一些处于初创期和成长期的主营业务将会有较为广阔的空间，而那些处于成熟期和衰退期的业务市场需求也会逐渐萎缩。

（3）成本高低。现代市场经济企业间竞争已达到白热化，低廉的劳动力成本是企业产品保持竞争力的重要基础。我们在选股时也要从上市公司的原材料供应、经营网络等来看其成本是否具有竞争力。

（4）政策倾向。国家宏观经济的发展规划决定着政策倾向，而国家政策倾向直接导致上市公司可能享受的种种优惠政策和保护。而同样的如果一家公司受到国家政策的限制，即使其管理层有再大的管理水平也难以出现高水平的成长。所以，投资者在选股时，必须看企业是否享有优惠政策或者与政策相违背。我们可以从环保股份的股价走势中看出其重要性。

（5）市场占有率。垄断性的市场占有必然会给企业带来丰厚的回报。但是市场占有率是会变化的，因此我们选股时不能着眼于上市公司现在市场的占有份额，也要看发展趋势。新技术、新产品是保持市场占有率的关键所在。从春都 A 的兴衰我们可以看出市场占有率的多变性。

第二节　基本分析之招

　　曾经风光无限的德隆系终于在 2004 年初出现崩盘，

它宣告了庄股时代的结束。虽然一些庄家继续做着复辟的梦想，但是随着2003年基金发动了波澜壮阔的蓝筹股行情，宣告了价值投资时代的已正式到来，原来脱离基本面恶性炒作的庄股时代已成为历史，价值投资时代的到来也让一些"绩优垃圾股现象"成为历史，让基本分析脱颖而出，成为和技术分析同样重要的分析工具。

（一）大盘和个股

有些投资者认为：炒股就是要选好股票，大盘涨跌影响不大。抱着这种观念的投资者往往只看重个股走势，很少理会大盘处于何种市道。抱着这种"轻大盘重个股"思维的投资者，往往造成大盘涨时，所持个股却不涨，赚了指数赔了钞票；大盘跌时，死捂股票，最终惨遭套牢。正确地认识大盘和个股的关系，并根据具体情况，采用不同对策也是操作的重要环节。

大盘和个股宛若百川和大海，百川汇聚成大海，所有个股的表现决定了大盘的强弱，甚至一些个股和板块都能带动大盘走好；而有时大盘也反过来对个股产生反作用，制约着个股的发展；有时两者又好像没有关系，互相不影响。总之，两者有时如影相随，有时又若即若离。正确地处理两者之间的关系，对于我们的操作也大有益处。

在不同世道中，大盘对个股的影响程度各有不同。因此，我们在制定操作计划时也要针对不同的行情，对大盘和个股的关系采取不同的态度。在牛市行情的主升浪或者是熊市的主跌浪当中，大盘的走势基本主宰了一切；对个股进行操作时，尽量不能违背大盘的走势，因为很多个股都会在大盘面前黯然失色，俯首称臣，黑马将会停止狂奔，老牛也会低头，这时我们就要树立"一切以大盘为基准"的思维。而在大盘处于盘整行情，或者是慢牛行情中，个股走势则具有很大的独立性，一般情况下受大盘影响较小，这时我们就要以个股的走势为基准。这时个股是异彩纷呈，百股争鸣。可以在操作中树立"轻大盘重个股"的理念。

个股对大盘影响较为复杂，与个股总股本大小、所在板块的地位、是否市场热点等都有密不可分的关系。对于一些有代表特性的个股，如一些指标股、行业龙头股、板块龙头股，因为它们能够有效地激发市场人气，因此对大盘走势起到了举足轻重的作用，它们也因此成了市场主力利用的对象。主力一般出货时，大多都会拉动指标股来作掩护，达到暗度陈仓的目的。从 2000 年几次大的调整我们可以看到大都采用拉动指标股作烟雾弹，而每次行情面临冲关时都会利用指标股作为市场的大旗。个股对大盘的影响有时会发展成为一个板块共同对大盘起作用。每次大的行情大多都有一个板块作用于市场热点，带动大盘走强。从 1996 年大牛市中的绩优股，到 1999 年的"5·19"行情的网络股，再到 2000 年的次新股，这些板块的龙头股都是市场的黑马，其中包括 1996 年大牛市中的深发展和四川长虹，"5·19"行情中的上海梅林，2000 年行情中的烟台万华等，它们的走势对大盘具有超前的引导作用。

总之，把握了大盘对个股的影响，我们就可以避免赚指数亏钱的命运；把握了个股对大盘的影响，我们就可以在扑朔迷离的个股行情中捕捉出黑马。

（二）个股走势特征

一个好的服装设计师要想做出一套得体的服装，在设计前要量体裁衣。同样一个成功的投资者也需要对个股进行"量体裁衣"，才能把握个股特征，才能制定出可行的操作计划，才能战胜大盘。

每只股票都有各自的基本面背景，因此也都具有各自独立的走势规律。只有真正把握行情，因地制宜，依股施计，才是明智的选择，任何固执和死搬的做法都将受到市场严厉的惩罚。而每只个股的走势特征取决于以下四个方面。

1. 股票所属行业

这个因素对走势的影响相对较小，有时会因主力的意图而变得无足轻重。处于朝阳行业的板块，因具有巨大市场空间，个股也会具有较大发展潜力，投资者对其想象空间较大，而且该类个股所具有的题材也较多，所以这类个股的行情往往比较活跃，股价波动幅度较大，是投资者趋之若鹜的地方。如科技股板块，网络股板块等。相反的，如钢铁板块等夕阳行业，因其没有较好的想象空间，虽然有较好的收益，仍然表现为股性不死不活，主力也多敬而远之。我们在操作此类个股时就要有耐心，而且期望值不能太高。当某个行业出现基本面变化时，也会带动整个板块走强。例如，在2000年，石油价格大幅上扬，带动整个石化板块走强，并造就了中原油气这样的黑马，2004年钢铁行业复苏，也造成了整个板块出现了整体大幅上攻的局面。

2. 股本结构

股本结构对行情有着举足轻重的影响。现在大盘股价位和市盈率普遍较低，但是因其流通盘较大，其股本扩张能力相对较小，主力介入成本又较高，很难控盘，因此多数庄家都退避三舍。而对于一些小盘股，其因具有流通市场价值较小，而且具有较强的潜在股本扩张能力，因此成为了主力青睐的对象。事实上，不是中国投资者偏爱小公司，在全世界的股市中都具有"小公司效应"，很多黑马都处在这个板块中。而对第一大股东持股较少的股票，其以后重组的机会就会较大，也会引发出来意想不到的行情。三无板块作为中国股市一个特殊现象，因其股本结构的特殊性，历来为市场所关注。特别是方正科技，因其较好的股本结构和成长性，成为了一些市场主力角逐的目标，经历了多次举牌，股价也随之出现大的波动。

3. 庄家

人的因素是市场的灵魂，主力意图是个股走势中最为关键的一个因素，特别是现在还没有完全摆脱资金推动的特征，主力的意愿（即使错误的想法）在很多情况下决定了个股走势的特征。但是它一般又受前两种因素的制约，主力在炒作时也会考虑股本结构和炒作题材。但是一些主力因持股较大，他们可能会因为小集团的利益而抛开其他方面的影响而炒作股价。

4. 成长性

毋庸置疑，一家具有较好成长性的公司，将会成为不仅仅是中小投资者，而且也包括机构投资者首要选择的介入对象。对公司成长性的挖掘要从其基本面出发，对其进行详细的分析，我们在前面操作系统中有对成长性详细的分析，这里就不再多说。

个股走势千差万别，但是不可能空穴来风。事实上，个股真实的走势多是以上四个方面因素共同作用的结果。我们把握了个股走势规律，就可以制定出详细的操作计划，进而提高我们的投资收益。

（三）如何通过成长性选股

通过基本面来选股的方法可谓多得让人眼花缭乱、不胜枚举，但是我们也不难发现百变不离其宗，都是围绕一个最根本的因素，那就是挖掘上市公司的成长性，不管你是通过上市公司的股本结构，还是对公司各个方面的研究挖掘，成长性都是研究挖掘的"中心思想"，是所有基本分析方法所要达到的最终目的。

一只股票的成长性由以下几个方面的因素来决定：

1. 经营战略

经营战略是企业面对激烈的市场变化和具有严峻挑战的市场环境，为了求得长期生存和不断发展而进行的总体性规划。它是企业战略思想的集中体现，是企业经营范围的科学规定，同时又是制定规划的基础。经营战略是在符合和保证实现企业使命的情况下，在充分利用环境中存在的各种机会和创造新机会的基础上，确定企业同环境的关系，规定企业的经营范围、成长方向和竞争对策，合理调整企业结构和分配企业的资源。经营战略具有前全局性、长远性和纲领性的特征，它从宏观上规定了公司的成长方向、成长速度及实现方式。管理水平、优秀的管理层是保证公司法人治理结构规范化、高效化的人才基础。在现代企业里，经理人员不仅担负着企业生产经营活动等各项管理职能，而且还负责或参与对各类非经理人员的选择、使用与培训工作，一个管理人员的从事工作的愿望、专业技术能力、品质、人际关系协调能力直接决定了企业的经营成果。管理水平是影响一个公司业绩的最大可变性因素。卓越的管理水平是企业保持成长性的前提和基础。管理者良好的专业素质、顽强的进取精神和超前的创新意识是我

第二章 操作系统

们挖掘一家公司成长性必须考虑的因素。

2. 市场需求

公司产品的市场需求是衡量一家上市公司股票是否具有成长性的客观基础。一家公司所处的行业是否朝阳产业，是否经济周期中的景气行业，是公司产品能否具有庞大市场需求的主要原因。强劲的市场需求是产生业绩的最根本的因素。

3. 政策倾向

国家政策倾向直接导致上市公司可否享受优惠政策和保护，并给予相应的财政、信贷及税收等诸多方面的优惠措施。这些措施有利于引导和推动相应产业的发展。因此，上市公司如果能获得诸多政策支持，对其进一步发展将极其有利；相反，如果遇到政策的限制，其经营成本就会大幅上升，即使其管理水平再高也难以出现较高的成长性。

4. 市场占有率

对上市公司市场占有情况进行分析时，我们可以从以下两个方面来看，其一，公司产品销售市场的地域分布情况，我们可以分析出其是地区型、全国型和国际型，从而看出一家公司的经营能力和实力；其二，公司产品在同类产品市场上的占有率、市场占有率越高，则表示公司的经营能力越强，公司的利润越稳定，成长性越可靠。垄断性的市场占有必然会各企业带来丰厚的回报，但是市场占有率是会变化的，因此我们要看其市场占有率的趋势。新技术、新产品是一家公司保持市场占有率的关键。从春都的兴衰我们可以看出市场占有率的多变性。

5. 资产重组

通过资产重组本身并不能分析出公司的成长性，关键是资产重组是对上市公司的资源进行优化配置，它带来了上市公司基本面的变化。有些重组带来的是一家公司脱胎换骨的变化，其成长性要根据重组力度来具体分析。所以资产重组只是改变上市公司成长性的手段，对上市公司成长性影响如何，还要通过前面几项基本面因素进行具体分析。

现在很多投资者在研究一家上市公司的成长性时误以为每股收益高和市盈率低就是具有好的成长性。其实，这种想法是进入了一个误区，事实证明每股收益和市盈率与一家公司的成长性无关。一家上市公司的成长性是其未来扩张能力和业绩提升力度的预期，而且我们在研究公司成长性时要注意防止其出现被透支的形象。

（四）如何投资基金

中国证券投资基金发展时间虽然不长，但是发展速度却十分惊人，到目前为止已成为市场最主要的力量，其投资理念逐步得到投资者的认同，对基金的投资已成为投资证券市场的一种重要手段。如何把握对基金的投资，我们先从基金的性质和其特点来说起。

证券投资基金是通过发售基金单位进行集中投资的独立财产，由基金管理人管理，基金托管人托管，基金持有人按其所持份额享受收益和承担风险的集合投资方式。它具有以下几个特征：

（1）集合投资，可以发挥资金优势，有利于降低成本。

（2）专业管理，证券市场中的各种证券信息由专业人员进行收集、分析。

（3）有利于进行科学的决策。

（4）组合投资，有利于我们分散风险。按基金规模和基金存续期限的可变性不同，可分为封闭式基金和开放式基金。封闭式基金指事先确定的发行总额和存续期限，在存续期内基金单位总数不变，基金上市后投资者可以通过证券市场买卖的一种基金类型。开放式基金是指发行总额不固定，基金单位总数随时增减没有固定的存续期限，投资者可以按基金的报价在规定的营业场所申购或赎回的基金单位和一种基金类型。

现在能公开提供给投资者进行投资的基金分为开放式基金和封闭式基金。因为两种基金具有不同的特征，投资者在对其进行投资时要采取不同的投资策略。现在还有一种没有公开运行的私募基金，其影响力和规模也不容忽视，投资者也可以进行关注。

封闭式基金的规模是一定的，我们可以直接在交易所进行买卖。影响它的价格因素除了基金净值外，还受到市场供求关系的影响，因此我们在投资封闭式基金时，不但面临基金管理人能力的风险，还要面临二级市场的风险。我们对其进行投资前，不但要分析其管理人的能力，分析其所投资的股票的好坏，还要看具体的市场情况。

开放式基金是在我们买卖时按基金净值的高低来决定的，开放基金的可随时赎回的特点，决定了基金管理人在寻求为投资人较好的回报的同时，也要考虑赎回的压力。作为一个投资者，我们投资开放式基金不必考虑二级市场的风险，所面临的只有管理人能力风险。

私募基金作为证券市场一支重要的生力军，虽然在法律上仍没被承认，但是其实力和规模却绝不可小视，现已有很多投资者投资私募基金。由于私募基金还没有被法律所承认，所以还没有形成一套对其规范运作进行监督的措施，有个别的私募基金运行时极其不规范，有很多潜在的风险，投资者在对私募基金进行投资时，要谨慎从事。

（五）如何把握消息面

股票市场对消息反省十分敏感，消息面的变化常常给股价带来剧烈的市场波动，在很多情况下，消息最终决定了未来大盘的运行方向。中国股市作为一个新兴的证券市场，还不够成熟，是标准的"消息市"，消息面的一举一动是左右大盘走势的重要因素。我们纵观中国股市的历史行情，可以发现大多数的大行情都是同消息面的变化息息相关，历史上的"三大政策"、"5·19"行情、"6·24"行情都是如此。因此，只有利用消息，以最快的速度、科学的方法分析消息，并作出准确的判断，才能在难以琢磨的股市中取得先机，提前布局，赚取最大利润。

从投资者对消息获悉的时间来划分，消息可分为：突发性消息和已知性消息。

突发性消息就是在投资者一无所知的情况下突然发布的消息。例如：三大政策、暂停国有股减持等均为此类消息。这类消息因为来得比较突然，事前没有在市场内得到消化，因此在消息公布后，所有投资者会根据消息对市场的影响在同一时间内采取集中行动，对证券市场影响较为猛烈。对于此类消息，投资者要根据其对市场影响的力度和深度来判断如何介入。

已知性消息就是投资者已经知道可能要发布的消息。2001年申奥成功、2003年的十六大召开、2004年宇宙飞船上天，这类消息在公布于众之前，投资者已经或可以预知到事情要发生，在消息明朗之前，投资者已根据朦胧消息采取了行动，等到消息明朗时，其对股市的影响力已经完全体现在股市中。无论是利多还是利空已消化完毕，因此当此类消息公布之日，一般股价会表现出一种定式，就是"见光死"。2001年申奥成功公布当天，申奥板块全部出现高开低走，并在以后的交易中全线大幅下挫；2003年的十六大召开之前投资者对它寄予厚望，但是召开之日却是大幅暴跌。因此对于此类消息，我们要果断地趁利好出货，趁利空进货。

从消息影响的范围又可分为宏观消息、板块消息、个股消息。

宏观消息就是对整个股市产生影响的消息，这类消息的出台反映了国家对宏观经济的态度，会对整个股市产生深远的影响。对待这类消息，我们在操作中根据实际情况进行战略性的调整：如果是利好消息，我们就要采取积极的投资策略，相反，则要采取守势，调整自己的仓位。

板块消息就是国家出台影响到某一产业的消息，例如电力涨价对电力板块的影响，我们只要调整持仓结构就可以。如果出台对某个板块的利好消息，我们就要逢低介入，如果是利空，我们则要在投资组合中坚决回避此板块的个股。

个股消息是指影响上市公司经营业绩的基本面的变化。它包括管理层变动、重组、收购、自然灾害等。对于个股消息，我们要分不同的情况具体对待。

（六）如何通过行业的市场结构选股

上市公司所处的市场结构会对其未来的发展产生深远的影响，了解上市公司所处的市场结构，对于我们判断上是公司未来的发展前景有着特别的意义。

每一个行业的市场是不同的，即存在着不同的市场结构。从本质来说，市场结构就是市场竞争或垄断的程度。根据该行业中企业数量的多少、进入限制程度和产品差别，行业市场结构基本上可分为四种：完全竞争、垄断竞争、寡头垄断和完全垄断。

完全竞争型市场是市场发展的初级阶段，是指不受任何阻碍和干扰的市场结构。它具有以下几个特点：

（1）拥有众多的生产者，各种生产资料可以在市场内完全流动。

（2）产品不论是有形或无形的，都是同质的，无差别的。

（3）没有哪家企业能影响产品的价格，企业永远是价格的接受者而不是价格的制定者。

（4）企业的盈利基本上由市场对产品的需求来决定的。

（5）生产者可自由进出市场。

（6）每一个人对市场非常了解。商品经济经过了几千年的发展，完全竞争的市场类型现在已很少见。出于这个市场结构中的上市公司也不存在。

垄断竞争市场是指既有垄断又有竞争的市场结构，每一家企业都在市场上具有一定的垄断力，但它们之间又存在激烈的竞争，这个市场中存在大量的企业，但是没有一家企业能有效影响其它企业的行为。在该市场结构中，造成垄断现象的原因是产品差别，造成竞争现象是产品同种，即产品的可替代性。在国民经济各行业中，例如我们的彩电行业现在就处于垄断竞争的市场之中。因为垄断竞争市场内存在激烈的市场竞争，很多企业面临被淘汰的风险，我们投资这类股票时要对其基本面进行深入研究，选择那些具有竞争力的上市公司。

寡头垄断型市场是指相对少量的生产者在某种产品的生产中占据很大市场份额，从而控制了这个行业供给的市场结构。在这个市场中由于这些少数生产者的产量非常大，因此他们对市场的价格和交易有一定的垄断力，同时由于只有少量的生产者生产同一种产品，因而每个生产者的政策和经营方式会对其他生产者产生重要的影响。这个市场中通常存在着一个起着领导一个起领导作用的企业，其他企业跟随该企业定价与经营方式的变化而相应地进行某些调整。由于垄断已形成，小的企业很难在竞争中取胜，因此，投资者类上市公司时，一定要选择龙头企业。

完全垄断市场是指整个行业的市场完全为一家企业所控制的市场结构，独家企业生产某种特质产品的情形。特质产品是指那些没有或缺少相近替代品的产品。完全垄断可分为两种类型，就是个人垄断和政府垄断。例如：铁路行业就是完全垄断。这类市场结构在现实中比较少见，还没有这样的上市公司存在。

（七）如何通过行业变动周期选股

国民经济整体上呈现周期性的变化，大部分行业会受宏观经济的影响也会呈现周期性的变化，我们把这些虽宏观经济呈现周期性变动的行业定义为周期性行业；也有一些行业，不管宏观经济如何变动，总会保持一种较为稳定的态势，我们称这类行业为防守型行业；还有一些行业，不管宏观经济如何运行，他都能保持持续增长，我们称这类行业为增长性行业。这些变动与国民经济总体的周期变动是有关系的，但关系密切的程度又不一样。

1. 增长型行业

增长型行业的运动状态与经济总水平的周期及其振幅并不紧密相关。这些行业的收入增长的速度并不会总是随着经济周期的变动而出现同步变动，因为它们主要依靠技术的进步、新产品的推出及更优质的服务，从而使其经常呈现增长形态。投资者对高增长的行业十分感兴趣，主要是因为这些行业对经济周期性波动来说，提供了一种财富"套期保值"的手段。在经济高涨时，增长行业的发展速度通常高于平均水平，在经济衰退时期，其所受的影响小甚至能保持增长。这类行业多是处于成长期的行业，很多大牛股出自这个行业，因此，我们在选股时，当把这类股作为首选。

2. 周期性行业

周期性行业的运行状态与宏观经济周期变动紧密相关。当宏观经济处于复苏上升时期，这些行业会紧随其扩张；当宏观经济呈现衰退时，这些行业也相应衰落。且该类型行业收益的变化幅度往往会在一定程度上夸大经济的周期性。产生这种周期性的原因是，当经济上升时，对这些行业相关产品的购买相应增加；当经济衰退时，这些行业相关产品的购买被延迟到经济回升之后。例如，钢铁、化工等都是周期性行业。投资周期性行业内的个股一定要分析当时宏观经济周期的运行情况，尽量不要逆经济周期而动。

3. 防守型行业

防守型行业的经营状况在宏观经济周期的上升和下降阶段都表现很稳定，这种运行形态的存在是因为该类型的产品需求相对稳定，需求弹性小，经济周期处于衰退阶段对这种行业的影响也比较小，甚至有些防守型行业在经济衰退时还会有一定的实际需求。该类型的产品往往是生活必需品，或是必要的公共服务，公众对其有相对稳定的需求，因而行业中有代表性的公司盈利水平相对稳定。对稳定的投资者，防守型行业内的个股是首选。

（八）如何通过行业生命周期选股

每个行业的发展历程都要经历一个由成长到衰退的发展演变过程，这个过程就是行业的生命周期。行业的生命周期由幼稚期、成长期、成熟期和衰退期四个时期构成。我们在选股时正确认识我们所要投资的上市公司所处的行业周期，才能制定合理的投资计划。

1. 幼稚期

这个时期是一个行业的逐步形成阶段。一个行业的萌芽和形成，最基本和最重要的条件是人们的物质文化需求。社会的物质文化需要是行业经济活动的最基本动力，其次，资本的支持与资源的稳定供给是行业形成的基本保证。行业的形成有三种方式：分化、衍生和新生长。分化是指新行业从原来行业中分离出来，并逐步形成为一个独立的新行业，比如电子工业从机械工业中分化出来，分解为一个独立的新行业；衍生是出现与原有行业相关、相配套的行业，如：因为汽车行业而衍生出现汽配行业等；新生长指新行业已相对独立的方式进行，并不依附于原有行业，如生物医药。在这个阶段，由于新行业刚刚诞生或初建不久，只有为数不多的投资公司投资于这个新兴的行业，开发和研究费用过高而大众对其产品缺乏认识，致使产品市场需求较小，收入低，极有可能出现较大亏损。如1999年左右的网络板块就是如此。实践证明，大多数幼稚期的公司最后会给淘汰，因此投资这类公司相对风险会很高，因为其没有现实的业绩作支撑，在很大程度上是一种题材的炒作，如以前的纳米概念、网络概念的炒作都是如此。

2. 成长期

行业的成长期实际上是度过了幼稚期后进行行业的扩大再生产的一个时期。各个行业成长能力是有差异的，成长能力主要体现在生产能力和规模的扩张、区域的横向渗透能力以及自身组织结构的变革能力。在成长期的初期，企业的生产技术逐渐成形，市场认可并接受了行业的产品，产品的销售量迅速增长，市场逐步扩大，然而企业可能仍然处于亏损或者微利状态。进入成熟期的企业的产品和劳务已成为广大消费者接受，销售收入和利润开始加速增长，新的机会不断出现，但是企业仍然需要大量的资金来实现高速成长。在这一时期，拥有较强研究开发实力、市场营销能力、雄厚资本实力和畅通融资渠道的企业逐渐占领市场。这个时期的行业增长非常迅猛，部分优势企业脱颖而出，投资于这些企业的投资者往往获得极高的投资回报，所以，成长期是最具投资机会的时期。进入成长期的后期，企业不仅依靠扩大产量和提高市场份额来获得竞争优势，同时还要不断地提高生产技术水平、降低成本以及研制和开发新产品，从而战胜或紧跟竞争对手，维持企业的生存和发展。

这个时期是投资股票最好的时候，这一时期的企业的利润虽然增长很快，但所面临的竞争风险也非常大，破产率与被兼并率相当之高。虽然仍存在很大风险，特别是偏爱成长性的投资者，在选股时要以处于成长期的股票为首选。

行业的成熟首先表现在技术的成熟上，即行业内企业普遍采用了适用的，至少有一定先进性和稳定性的技术，其次是产品的成熟，再次是生产工艺的成熟，最后是产业组织的成熟。行业的成熟起是一个相对较长的时期。具体来看，各个行业的成熟期的时间长度是不同的，一般而言，技术含量的行业成熟相对较短，而公用事业成熟期持续的时间较长。

有以下几个特点：①企业规模空前、地位显赫，产品普及程度高；②行业生产能力接近饱和，买方市场出现；③构成支柱产业地位。进入成熟期的行业市场已被少数资本雄厚、技术先进的企业控制，整个市场现对处于稳定状态，企业竞争手段从价格转向提高质量、改善性能和服务方面，行业利润也因一定程度的垄断而达到较高的水平。

处于成熟期的行业，其利润相对来说很稳定，而且有些公司的规模已达到一定的垄断程度，这些行业的龙头公司已具有蓝筹股的性质，是加之投资者最好的选择。

行业衰退是客观的必然，是行业经济新陈代谢的表现。行业衰退可分为自然衰退和偶然衰退。自然衰退是一种自然状态下到来的衰退；偶然衰退是指在偶然的外部因素的作用下，提前或者延后发生的衰退；自然衰退又可分为绝对衰退和相对衰退。绝对衰退是指行业本身内在的衰退规律作用而发生的规模萎缩，功能衰退，产品老化；相对衰退指行业结构性原因或者是无形原因引起行业地位和功能发生误差的状况，而并不一定是行业实体发生了绝对的萎缩。衰退期的企业利润不前或不断地下滑，处于衰退行业的上市公司，因其未来可以预期的发展空间不容乐观，所以投资价值也相应降低，这也是很多公司业绩不差，但是股价没有什么表现的原因所在。钢铁股拥有相对较好的业绩，但长时间没有较好的表现就是案例。

（九）如何通过公司经济区位分析选股

区位或者说经济区位，是指地理范畴上的经济增长点及其辐射范围。一家上市公司的发展同其所处的环境有着紧密联系，很多情况下所处环境影响甚至决定了一家公司的未来发展。上市公司的投资价值与区位经济的发展密切相关，处于经济区位内的上市公司，一般具有较高的投资价值。我们对上市公司进行区位分析，就是将上市公司的价值分析与区位经济的发展联系起来，以便分析上市公司未来的前景，确定上市公司的投资价值。具体来说，可以通过以下几个方面进行上市公司的区位分析。

1. 区位内的自然条件与基础条件

自然和基础条件包括矿产资源、水资源、能源、交通、通讯设施等，它们在区位经济发展中起到重要作用，也对区位的上市公司的发展起着重要的限制或者促进作用。分析区位内的自然条件和基础条件，有利于分析该区位内上市公司的发展前景。如果上市公司所从事地行业与当地自然和基础条件不符，将大大提高上市公司的成本，影响上市公司的业绩，发展可能会受到很大制约。

2. 区位内政府的产业政策

为了进一步促进区位经济的发展，当地政府一般都会相应地制定经济发展的战略规划，提出相应的产业政策，确定区位优先发展和扶持的产业，并给予相应的财政、信贷及税收等诸多方面的优惠措施。这些措施有利于引导和推动相应产业的发展，相关产业内的公司将因此受益。如果区位内的上市公司的主营业务符合当地政府的产业政策，一般会获得诸多政策支持，对上市公司的进一步发展有利。

3. 区位内的经济特色

所谓经济特色，是指区位内经济与区位外经济的联系和互补性、龙头作用及其发展活力与潜力的比较优势。它包括区位经济发展环境、条件与水平、经济发展现状等有别于其他区位的特色。特色在某种意义上意味着优势，利用自身的优势发展本区位的经济，无疑在经济发展中找到了很好的切入点。例如，某区位在电脑软件或硬件方面或在汽车工业方面已形成了优势和特点，那么该区位内的相关上市公司，在同等条件下比其他区委主营相同的上市公司具有更大的竞争优势和发展空间。

（十）如何通过公司产品分析选股

一家公司的产品就是该公司的灵魂，公司产品的竞争力直接影响公司未来的发展空间，决定了公司的经营业绩，是公司是否具有实际投资价值的基础。因此科学地分析公司产品的竞争力，是挖掘优质上市公司的一个直接途径。具体进行产品分析时有产品竞争力、市场占有率、产品品牌战略三个方面的内容。

1. 产品竞争力

产品竞争力是公司产品分析的前提，产品竞争力具体由以下几个方面决定：

（1）成本优势。成本优势是指公司的产品依靠低成本获得高于同行业其他企业的盈利能力。在很多行业中，成本优势是决定竞争优势的关键因素，理想的成本优势往往成为同行业价格竞争的抑制力。如果公司能够创造和维持全面的成本领先地位，并创造出与竞争对手价值相等或近似的产品，那么它只要将价格控制在行业平均水平或接近平均水平，就能获得优于平均水平的经营业绩。成本优势的来源各不相同，并取决于行业结构。一般来说，产品的成本优势可以通过规模经济、专有技术、优惠原材料、低廉的劳动力、科学的管理、发达的营销网络来实现。其中，由资本的集中程度而决定的规模效益是决定产品生产成本的基本因素。当公司达到一定的资本投入或生产能力时，根据规模经济的理论，生产成本和管理费用将会得到有效降低。

（2）技术优势。技术优势是指公司拥有的比同行业其他竞争对手更强的技术实力及其研究与开发新产品的能力。这种能力主要体现在生产的技术水平和产品的技术含量上。在现代经济中，公司新产品的研究与开发能力是决定公司竞争成败的关键因素。因此，公司一般都确定了占销售额一定比例的研究开发费用，这一比例的高低往往能决定公司的新产品看法能力。产品的创新包括：

⊙通过新核心技术的研制，开发出一种新产品或提供一种产品的新质量；

⊙通过新工艺的研究，降低现有的生产成本，开发出一种新的生产方式；

⊙根据细分市场进行产品细分，实行产品差别化生产；

⊙通过研究产品组成要素的新组合，获得一种原料或半成品的新的供给来源等。而技术创新则不仅包括产品技术，还包括创新人才。

（3）质量优势。质量优势是指公司的产品以高于其它公司同类产品的质量赢得市场，从而取得优势。由于公司技术能力及管理等诸多因素的差别，不同公司间生产的质量是有差别的。消费者在进行购买选择时，产品的质量始终是影响他们购买倾向的一个重要因素。当一家公司的产品价格溢价超过了其为追求产品的质量优势而附加的额外成本时，该公司就获得高于其所属行业平均水平的盈利。换句话说，在与竞争对手成本相等或成本近似的情况下，具有质量优势的公司往往在该行业中占据领先地位。

2. 产品的市场占有情况

产品的市场占有情况在衡量公司产品竞争力方面，占有重要地位，通常可以从两个方面进行考察：其一，公司产品销售市场的地域分布情况。从这一角度可将公司的销售市场划分为地区型、全国型和世界范围型。通过市场地域的范围能力大致地估计一家公司的经营能力和实力。其二，公司产品在同类产品市场上的占有率。市场占有率是对公司的实力和经营能力的较精确的估计。市场占有率越高，表示公司的经营能力和竞争能力越强，公司的销售和利润水平越好、越稳定。

3. 产品的品牌战略

品牌是一个商品名称和商标的总称，它可以用来辨别一个买者或卖者集团的货物或劳务，以便同竞争者的产品相区别。一个品牌不仅是一种产品的标志，而且是产品质量、性能、满足消费者效用的可靠程度的综合体现。品牌竞争是产品竞争的深化和延伸，当产业发展进入成熟阶段，产业竞争充分展开时，品牌具有产品所不具有的开拓市场的多种功能：一是品牌具有创造市场的功能；二是品牌具有联合市场的功能；三是品牌具有巩固市场的功能。

（十一）如何通过分析公司经营能力选股

在同一个行业中，在外部环境相同的情况下，公司未来发展的最大变数就是经营能力，一家公司经营能力的好与坏决定了公司的未来。我们在对公司的经营能力进行分析时要着重从以下几个方面着手。

1. 公司的法人治理结构

公司法人治理结构有狭义和广义两种定义。狭义上的公司法人治理结构是指有关公司董事会的功能、结构和股东的权利等方面的制度安排；广义上的法人治理结构是指有关企业控制权和剩余索取权分配的一整套法律、文化和制度的安排，包括人力资源管理、收益分配和激励机制、财务制度、内部制度和管理等等。健全的公司法人治理机制至少体现在以下几个方面：

（1）规范的股权结构。股权结构是公司法人治理结构的基础，许多上市公司的治理结构出现问题都与不规范的股权结构有关。规范的股权结构包括三层含义：一是降低股权集中度，改变"一股独大"局面；二是流通股权适度集中，发展机构投资者，战略投资者，发挥他们在公司治理结构中的积极作用；三是股权的普遍流通性。

（2）完善的独立董事制度。在董事会中引入独立董事制度，可以加强公司董事会的独立性，这有利于董事会对公司的经营决策作出独立判断。2001年8月，中国证监会发布了《关于在上市公司建立独立董事制度的指导意见》，要求上市公司在2002年6月30日之前建立独立董事制度，这对于我们上市公司独立董事制度的建立无疑具有重大的指导意义。

（3）监事会的独立性和监督责任。一方面，应该加强监事会的地位和作用，增强监督制度的独立性和加强监督的力度，限制大股东提名监事候选人和作为监事会召集人；另一方面，应该加大监事会的监督责任。

（4）优秀的经理层。优秀的职业经理层是保证公司治理结构规范化、高效化的人才基础。而形成高效运作的经理层的前提条件是上市公司必须建立和形成一套科学的市场化和制度化的选聘制度和激励制度。

（5）相关利益者的共同治理。相关利益包括员工、债权人、供应商和客户等主要利益相关者。相关利益者共同参与的共同治理机制可以有效地建立公司外部治理机制，以弥补公司内部治理机制的不足，形成对公司运作规范化的监督。

如果上市公司没有合理的法人治理结构，就会隐藏着潜在的风险，出现很多暗箱操作，会给我们的投资带来意想不到的损失。现在我国上市公司的法人治理结构普遍不合理，一股独大得现象特别明显，独立董事没有发挥应有的作用，管理层多为各地政府机构委派。这些弊端就是导致经常有侵犯广大投资者利益的行为的内因。

2. 公司管理层的素质

管理人员的素质是决定企业能否取得成功的一个重要

因素。从某种意义来说，一家公司拥有卓越的管理团队，可以使企业顺利渡过难关，使公司有一个可行的发展计划，直接决定着企业的经营成果。在现代企业里，管理人员不仅要担负着企业生产经营活动等各项管理职能，而且还要负责或参与对各类非经理人员的选择、使用与培训工作。因此，对管理人员的素质分析是公司分析的重要组成部分。所谓素质是指一个人的品质、性格、学识、能力、体质等方面特征的总和。一般而言，企业的管理人员应该具备以下素质：一是从事管理工作的强烈愿望；二是专业技术能力；三是良好的道德品质修养；四是人际关系协调能力。

3. 公司员工素质

公司的计划最终要通过员工来执行，其员工素质的高低直接决定了公司计划的执行情况，因此员工团队素质对公司的发展同样重要。好的上市公司不但要拥有一个高素质的管理层，还要拥有一个高素质的员工团队。公司的员工应该具有如下素质：专业技术能力，对企业的忠诚度、责任感，团队合作精神和创新能力等。对员工的素质进行分析，有助于我们判断上市公司未来发展的持久力和创新能力。

（十二）如何运用财政政策

财政政策是管理层依据客观经济规律制定的指导财政工作和处理财政关系的一系列方针、准则和措施的总称。财政政策的一举一动同作为"经济晴雨表"的股市息息相关，股市的趋势在很大程度上又国家的财政政策决定，正确认识和运用财政政策是我们准确把握证券市场趋势的基础。财政政策和货币政策并重，是当代市场经济条件下国家干预和调控经济的主要工具。财政政策实施主要通过一系列财政政策手段来完成，具体包括国家预算、税收、国债、财政补贴、转移支付制度等。政府通过单一使用或者配合使用这些手段来指导经济的正常运行。

1. 国家预算

作为国家的基本财政收支计划，国家预算是各种财政政策手段综合使用结果的反映，是最基本的财政政策手段，在宏观调控中具有重要的作用。我们通过国家预算能够全面地了解国家财力规模和平衡状态。国家预算收支的规模和收支平衡状态需求不变时，适当地扩大财政赤字可以扩张社会总需求，对股市具有利好作用；相反，财政采用结余政策和压缩财政支出具有缩小社会总需求的功能，对股市具有利空作用。国家预算的支出方向可以调节社会总供求的结构平衡。财政投资主要运用于能源、交通等重要的基础产业、基础设施的建设，财政投资的多少和投资方向直接影响和制约国民经济的部门结构，因而具有影响未来经济结构的功能，也有矫正当期经济结构失衡状态的功能。国家预算对这些行业的投资力度将影响这些行业在证券市场上股价的表现。国家预算不仅可以对整个经济产生影响。如果财政预算对能源、交通等行业的支出安排上有所侧重，将促进这些行业的发展，这些行业的股份也会随之上扬。同样，如果国家侧重某些行业，那么这些行业及其企业就会处于有利的经营环境，其税后利润增加，该行业及其企业的股票价格也会随之上升。

2. 税收

税收具有强制性和固定性的特征，是筹集财政收入的主要手段，同时也是国家对宏观经济进行调控的重要手段。税收是国家凭借政治权利参与社会产品分配的一种形式。首先，国家可以通过调节和制约企业间的税收水平来制约或促进某些企业的发展，受税收优惠的企业将有可能取得较好的收益；其次，税收还可以根据消费需求和投资需求的不同对象设置税种或在同一种税种中实现差别率，以控制需求数量和调节供求结构；再次，进口关税政策、出口退税政策对于国际收支平衡重要的调节功能。税收政策除了课税的轻重影响到财政收支的多少，进而影响整个经济的景气外，还会对不同的行业和企业产生不同的影响。另外，证券投资收入所得谁的征收情况也对证券市场具有直接影响。一些新兴市场及国内几国家为了加快发展证券市场，在一个时期内免征证券交易所得税，以加速证券市场的发展和完善。

3. 国债

国债是国家按照有偿信用原则筹集财政资金的一种形式，同时也是实现政府财政政策，进行宏观调控的重要工

第二章 操作系统

具。国债可以调节国民收入使用结构，用于农业、能源、交通和基础设施等国民经济的薄弱部门和瓶颈产业的发展，调整固定资产投资结构，促进经济结构的合理化。政府还可以通过发行国债调节资金供求和货币流通量。另外，国债的发行对证券市场资金的流向格局也有较大的影响，如果一段时期内，国债发行量较大并具有一定的吸引力，将部分分流证券市场的资金，从而导致证券市场股价下跌。

4. 财政补贴

财政补贴是国家为了某种特定需要，将一部分财政资金无偿补助给企业和居民的一种再分配形式。我们财政补贴主要包括：价格补贴、企业亏损补贴、财政贴息、房租补贴、职业生活补贴和外贸补贴等。受惠于财政补贴的企业，其竞争力会明显优于其他同类上市公司，将在竞争中处于有利地位。

5. 转移支付制度

转移支付制度是中央财政将集中的一部分财政资金，按一定的标准付给地方财政的一项制度。其主要功能是调整中央政府与地方政府之间的财力纵向不平衡，以及调整地区间财力的横向不平衡。这项财政政策的实施对股市有深远影响，国家制定开发上海浦东的政策时，曾引发了一系列步东概念股的上涨，国家制定开发西部的政策时，也引发了西部开发概念的上涨。

上海浦东的政策时，曾引发了一系列概念股的上涨，国家制定开发西部的政策时，也引发了西部开发概念的上涨。

财政政策分为扩张性财政政策、紧缩性财政政策和中性财政政策。实施紧缩性财政政策时，政府财政除保证各种行政与国防开支外，尽可能减少大规模的投资。而实施扩张性财政政策时，政府积极投资于能源、交通、基础设施等建设，从而刺激相关产业，如水泥、钢材、机械等行业的发展。如果政府以履行公债方式增加投资的，对景气的影响就更为深远。总的来说，紧缩性的财政政策将使过热的经济受到控制，证券市场也将走弱，因为这预示未来经济将减速增长或走向衰退；而扩张性财政政策刺激经济发展，证券市场则将超强，因为这预示未来经济将加速增长或进入繁荣阶段。

　　具体而言，实施扩张性财政政策对证券市场的影响有：减少税收，降低税率，扩大贷款范围。其政策的经济效应是：扩大供给，进而增加人们的收入，并同时增加人们的投资需求和消费支出。税收的减少可以使上市公司的成本降低，促进上市公司的效益提升，将直接引起证券市场的价格上涨，增加投资需求和消费支出又会拉动社会总需求，而总需求增加又反过来刺激投资需求，从而使企业扩大生产规模，增加企业利润总额，从而促进股票价格上涨。因市场需求活跃，经营环境改善，盈利能力增强，进而还本付息风险降低，债券价格也将上扬。

　　扩大财政支出、加大财政赤字可以扩大社会总需求，从而使社会投资活动增加，改善就业状况，提高产出水平，于是企业利润增加，经营风险降低，将使股票价格和债券价格上升。同时，就业情况的改善和经济复苏将增加居民收入，货币持有量增加，宏观经济的走势乐观更增加了投资者的信心，买气增强，证券市场和全市趋于活跃，股市价格自然会上扬。特别是与政府购买和投资支出相关的企业将最先、最直接从财政政策中获益，有关企业的股票价格和债券价格将率先上涨。但是，投资者要注意的是，如果过度使用此项政策，财政收支出现巨额赤字时，将会增加经济的不稳定因素，可能引发通货膨胀、物价上涨等，有可能使投资者对经济的预期不乐观，反而造成股价下跌。

6. 增加国债

　　国债对股市有双重的影响。一方面，国债有利于刺激经济的发展，属于一种利多；另一方面，国债和股票是证券市场上两个重要的交易品种，证券市场的资金往往会在两个市场进行流动。国债履行规模的扩大，导致流向股票市场的资金减少，从而对证券市场原有的供求平衡产生影响，导致股市下跌。

第二章　操作系统

7. 增加财政补贴

财政补贴往往使支出扩大，进而扩大社会总需求和刺激供给增加，这时上市公司的效益会显著提高，从而引发股价上涨。特别是一直接受财政补贴的企业，其在竞争中会处于更为有利的对于一些要退市的上市公司，如果有财政补贴，往往会起死回生。

相反，如果采取紧缩性的财政政策，对股市的影响将会出现同扩张性的政策相反的结果。

（十三）如何把握货币政策

所谓货币政策是指政府为实现一定的宏观经济目标所制定的关于货币流通组织管理的基本方针和基本准则。货币政策和财政政策并重，为国家调控经济的两大法宝。国家根据具体的经济情况实行紧缩性的货币政策或者扩张性的货币政策，在具体实施方面，国家主要是通过对利率的调节和运用货币政策工具来实现货币政策。

1. 利率

利率是国家调控经济的重要手段，国家通过调节利率可以调控货币供应总量，保持社会总供给与总需求的平衡；通过改变利率可以控制通货膨胀，保持物价总水平的稳定。无论通货膨胀的形成原因多么复杂，从总体上看，都表现为流通中的货币超过社会在不变价格下所能提供的商品和劳务总量。提高利率可以使现有的货币购买力推迟，减少即期社会需求，同时也使银行贷款需求冲洗，降低利率则会出现相反的效果。

一般情况下，利率下降时，股市会出现上涨，相反，如果利率上市，股市则会出现下跌。主要是下列几点原因：

（1）利率是计算股票内在投资价值的重要依据。同一股票的内在投资价值会随着利率的提高而下降，从而导致股票价格下跌；反之，利率下降则会提高上市公司的内在价值，股价则会上升。

（2）上市公司的融资成本受利率水平变动影响。利率降低，可以降低公司的利息负担，增加公司盈利，股票价格也将随之上升；反之，利率上升，股票价格则会下跌。

（3）利率可以影响资金的流动。如果利率降低，会促使一部分储蓄资金分流，一部分资金将流向股市，市场资金充裕，特别是我国股市还处于资金推动型的阶段，资金的流入影响效果会更大，最终促成股价上升；反之，若利率上升，一部分资金将会从证券市场转向银行存款，股市出现失血现象，导致股价下跌。一般来说，利率下降时，股票价格就上升，而利率上升时，股票价格就会下降。但是利率水平对股市的作用要经过一段时间才会实质性地表现在股市中，特别是在通货紧缩较为严重的时候，需要很多次的升息才能改变宏观经济的基本面，利率对股市的影响也会因此而经过一个漫长的过程才最终实现。利率同股市的关系并不具有定式，在历史上也出现过因利率上升股市出现牛市的现象。

2. 货币政策工具

中央银行要实现货币政策目标就要采用一定的手段，这种手段就是货币政策工具。货币政策工具分为一般性的政策工具和选择性的政策工具是中央银行经常使用的三大政策工具，包括法定存款准备金率、再贴现政策、公开市场业务；可选择性政策工具则包括直接信用控制和间接信用控制。

（1）法定存款准备金率。当中央银行提高法定存款准备金率时，商业银行可运用的资金减少，贷款能力下降，货币乘数变小，货币流通量便减少，就会在很大程度上限制商业银行体系创造派生存款的能力，就等于冻结了一部分商业银行的超额准备。所以，在通货膨胀时，中央银行可提高法定准备金率；反之，则降低法定准备金率。由于货币乘数的作用，这法定存款准备金率的作用效果十分明显。人们通常认为这一政策工具效果过于猛烈，常常会导致证券市场出现大的动荡，2003 年和 2004 年两次上调存款准备金率都直接导致股市出现大幅的下挫行情。它的调整会在很大程度上影响到整个经济和社会心理预期，因此，一般对法定存款准备金率的调整都持谨慎态度。

（2）再贴现政策。它是指中央银行对商业银行用持有的未到期票据向中央银行融资所作的政策规定。现贴现政策一般包括再贴麗的确定和再贴现率的资格条件。再贴现率主要着眼于短期政策效应。中央银行根据市场资金供求状况调整再贴能够影响商业银行对社会的信用量，从而调整货币供给总量。在传导机制上，若商业银行需要以较高的代价才能获利中央银行的贷款，便会提高对对客户的贴现率或提高放款利率，其结果就会使得信用量收缩，市场货币量减少；反之则相反。中央银行对再贴现资格条件的规定则着眼于长期的政策效用，以发挥抑制或扶持作用，并改变资金流向。如果中央银行提高再贴现率，对再贴现资格加以严格审查，商业银行资金成本增加；市场贴现利率上升，社会信用收缩，证券市场的资金供应减少，使证券市场行情走势趋软；反之，如果中央银行降低存款准备金率或降低现贴现率，通常会导致证券市场行情上扬。

（3）公开市场业务。它是指中央银行在金融市场上公开买卖有价证券，以此来调节市场货币供应量的政策当中央银行认为应该增加货币供应量时，就在金融市场上买进有价证券，反之就出售所持有的有价证券。当政府倾向于实施扩张性的倾向政策时，中央银行就会大量地购进有价证券，从而使股票价格上涨；反之，股票价格将下跌。我们之所以特别强调公开市场业务对证券市场的影响，还在中央银行的公开市场业务的运作是直接以国债为操作对象，从而直接关系到国债市场的供求变动，影响到国债市场的波动。

随着中央银行宏观调控作用重要性的加强，倾向政策工具也趋向多元化，因而出现了一些可供选择使用的新措施，这些措施被称为选择性货币政策工具。选择性货币政策工具主要有两类：直接信用控制和间接信用指导。

（1）直接信用控制。它是指以行政或其他方式，直接对金融机构尤其是商业银行的信用活动进行控制。其具体手段包括：规定利率限额与信用配额，信用条件限制，规定金融机构流动比率与信用配额、信用条件限制，规定金融机构流动性比率和直接干预等。

（2）间接信用指导。它是指中央银行通过道义劝告、窗口指导等办法来间接影响商业银行等金融机构行为的做法。

选择性货币政策工具对症状市场的影响。为了实现国家的产业政策和区域经济政策，我国对不同的行业和区域采用区别对待的方针。一般来说，该项政策会对证券市场整体走势产生影响，而且还会因为板块效应对证券市场产生结构性影响。当直接信用控制或间接信用指导降低贷款限额、压缩信贷规模时，从紧的货币政策使证券市场行情呈下跌走势；但是如果在从紧的货币政策前提下实行总量控制，通过直接信用控制或间接信用指导区别对待，紧中有松，那么一些优先发展的产业和国家支柱产业以及农业、能源、交通、通信等基础产业及优先重点发展地区企业的证券价格同可能不受影响。

货币政策的运作主要是指中央根据客观经济形势，采取适当的措施调控货币供应量和信用规模，使之达到预定的货币政策目标，并以此影响整个经济的运行。通常，将货币政策的运作分为紧缩性的货币政策和扩张性的货币政策。

（1）紧缩性的货币政策。当经济出现过热现象进，国家为了防止通货膨胀的发生，保持经济的平衡运行，会采用紧缩性的货币政策来进行宏观调控。放不下重托佰，减少货币供应量，提高利率，加强信贷控制。一般情况下，如果在宏观经济出现过热现象时，市场上涨，需求过度，经济过度繁荣，被认为是社会总需求大于总供给，中央银行就会采取紧缩货币的政策以减少需求。如果是在经济过热开始的时候，实行紧缩性的货币政策，可能会短期对股市形成压力，但是如果效果明显实现经济的软着陆，会对股市形成长期利好；如果是在恶性的通货膨胀下实行紧缩性的货币政策，则有可能导致大熊市的出现。

（2）扩张性的货币政策。当经济出现增长缓慢或通货紧缩时，为了刺激经济发展，国家常常会采用扩张性的货币政策，主要政策手段是：降低利率，放松信贷控制，增加货币供应量。如果市场产品销售不畅，经济运转困难，资金短缺，设备闲置，被认为是社会总需求小于总供给，中央银行则会采取扩大货币供应的办法增加总需求。

（十四）如何把握市场供求

我国证券市场还处在初级阶段，政策市和资金市的特点明显，政策市和资金市其最终影响症状市的手段都是通过供求关系，政策市其实也是通过政策影响市资金面，其实质也是我国股市的一个特色。通过影响资金供给的各种因素来分析股市资金面，通过管理层的新股发行思路来分析股市需求总量，有助于我们判断大盘走势。在成熟的资本市场中，股票的长期价格走势由其内在价值决定，但是，无论成熟股票市场还是新兴股票市场，其短期走势都会受到市场供求关系的影响，不同的是，成熟股票市场的供求关系是由资本收益率引导。

在成熟的资本市场决定上调公司数量的主要因素有以下两个方面：宏观经济环境和上调公司质量，而我国的市场供给则是由管理层根据具体情况制定的，在某种程度上我国股市的市场供给也是管理层对股市进行调控的一种重要手段，当股市连续上扬时，管理怪就会加快新股发行速度，用以抑制股市可能出现的泡沫；而当股市走弱时，管理层又会减少新股的发行量，用以防止出现大的风险。影响股票市场需求的主要因素有：

1. 宏观经济环境

良好的宏观经济环境对股市资金面会带来两个方面的影响，首先，银根相对 较松，很多投资机构融资较为方便，股市的资金较充裕；其次，上市公司的业绩受宏观经济的影响也明显改善，吸引了更多的投资者进入股市。相反，管理层紧缩银根则会造成资金面紧张，不断下滑的业绩也将降低投资者进入股市的愿望。

2. 政策因素

首先，我国证券现在实行严格的市场准入制度。我国证券市场仍然很不成熟，管理部门为了防范金融风险，对进入股票市场的投资主体有着严格的限制，一些不符合规定的资金不能进入股票市场。但是随着中国证券市场的发展，现有投资者已不能满足市场对资金的需求，逐步开放股票市场，让更多的投资者介入证券市场已是大势所趋。其次，利率变动，利率作为中央宏观调控的一个重要手段，其对股市的资金供给有着重大影响。利率的调控会影响投资者的投资意愿，提高利率会抑制投资会抑制投资者投资股票的意愿，减少投资者进入股票市场的资金量；相反，如果降低利率则会提高投资者投资股市的意愿，增加投资者进入股市的资金量。再次，证券公司的融资渠道。证券公司作为证券市场的重要的主力。其资金来源直接影响到股市资金的供给，利用有关部门允许证券公司进入资金拆借市场并可以进行股票质押贷款的政策，可以拓宽证券公司的融资渠道，从而有助于增加股市资金供给量。

3. 机构投资者的培育和壮大

在成熟的资本市场，机构投资者是投资的主体。机构投资者具有资金与人才实力雄厚、投资理念成熟、抗风险能力较强的特点，因而机构投资在证券市场所占的比例是评价一个市场稳定性的重要指标之一。我国证券市场目前仍处在初级发展阶段，机构投资者队伍还不够壮大，在这种背景下，有关部门采取了一系列措施大力培育中国证券市场的机构投资者，先后推出了若干封闭式证券投资基金、允许三类企业入市、保险资金入市、开放式基金等一系列壮大机构投资者的举措。在这些举措推出之后，都会引起市场的反应，现在证券市场的机构投资在逐步壮大，已成为证券市场的重要力量。特别是基金已成为最大的主力，它们的投资理念和选股思路都值得我们去研究。

4. 资本市场的逐步开放

资本市场开放也为股市注入了新的资金，自从实行QFII后已有大批国外实力机构进入了中国股市，相信在不远的将来，QFII也将成为股市的一支重要力量。

在投资之前，我们可以通过对以上几个方面的详细分析，把握股市的资金面情况，通过资金面的情况来判断大盘的走势，最终决定投资方向，制定投资策略。

（十五）如何把握通货

通货是指一个国家的法定货币。这种法定货币的购买力受到外界影响而出现变化，通常表现为通货膨胀和通货紧缩。一般在一个完全市场经济的情况下，价格基本由市场调节，通货变动与物价总水平升降是同义语。

通货膨胀对证券市场的影响。通货膨胀对社会经济产生的影响主要有：引起收入和财富的再分配，扭曲商品相对价格，降低资源配置效率，引发泡沫经济乃至损害一国的经济基础和政权基础。通货膨胀有被预期和不被预期的之分，从程度来说分为温和的、严重的和恶性的三种。温和的通货膨胀是指年通用率低于 10% 的通货膨胀，严重的通货膨胀是指两位数的通货膨胀，恶性的通货膨胀则是指三位以上的通货膨胀。哪个国家也不能容忍长期的高通胀，但是抑制通货膨胀而采取的货币政策和财政政策通常会导致高失业和国内生产总值的低增长。通货膨胀对证券市场特别是个股的影响没有一成不变的规律可循，完全可能产生相反方向的影响，应具体情况具体分析。因此，对这些影响进行分析和比较，必须从该时期通货膨胀的原因、通货膨胀的程度，并配合当时的经济结构和形势以及政府可能采取的干预措施等方面入手。以下是分析的几个一般性原则：

1. 不同性质的通货膨胀对证券市场影响不同

温和的、稳定的通货膨胀对股价的影响较小。如果通货膨胀在一定的可容忍的范围内持续，不但不会损害经济的发展，还会推动经济景气周期运行，刺激经济发展，企业的产量和就业都会持续增长，上市公司业绩也会随之提升，股价也将持续上升。通货膨胀提高了债券的必要收益率，从而导致债券价格下跌。严重的通货膨胀将会扭曲整个经济，一方面，导致资金大量流出证券市场，引起股价和债券同时下跌；另一方面，上市公司筹不到必要 的生产资金，而原材料和劳务成本的大涨也导致企业盈利水平下降，甚至倒闭，从而动摇了整个证券市场的根基。美国股市在 20 世纪 30 年代出现的崩盘就是起因于此。

2. 政府干预性

长期的通货膨胀会影响到社会和稳定，因此政府绝不会容忍高通胀长期存在，必然会使用一些宏观经济政策工具来抑制通货膨胀，进而导致证券市场结构性的变化。1993 年我国出现连续的 2 位数的通货膨胀，政府实行宏观调控直接导致了长达三年的熊市。

3. 对不同公司影响不同

通货膨胀时期，并不是所有价格和工资都按同一比率变动而是相对价格发生变化。这种相对价格变化导致财富和收入的再分配，因而某些公司可能从中获利，而另一些公司可能蒙受损失。例如，一些原材料类上市公司可能会因为通货膨胀而出现业绩大增，而一些下游企业则会因成本增加而出现业绩下滑。

4. 影响范围广泛

通货膨胀所产生的影响是深远的，它不但可以影响到经济活动，还会产生深远的社会影响，影响社会的稳定，从而影响证券市场，并且会影响到投资者的心理和预期，从而又影响证券市场，造成证券市场的暴跌，巴西因通货膨胀引起的国家动乱是有力的证明。

5. 时期不同，有不同的影响

通货膨胀之初，"税收效应"、"负债效应"、"存货效应"、"波纹效应"有可能刺激股价上涨，但是长期严重的通货膨胀，必然使经济环境和社会环境恶化，股价将受大环境的影响而出现大跌。

通货紧缩对证券市场的影响。和通货膨胀一样，通货紧缩一样会对经济造成严重损害。它将损害消费者和投资者的积极性，造成经济衰退和经济萧条，不利于币值稳定和经济增长，是导致经济衰退的杀手。从消费的角度来说，通货紧缩的持续使消费者对物价的预期值下降，从而持币观望，推迟购买；对于投资者而言，通货膨胀将使投资产出的产品未来价格低于的预期，这会使投资者更加谨慎，或推迟原有的投资计划。消费和投资的下降减少了总需求，使物价下降，从而使整个经济陷入恶性循环。从利率角度来分析，通货紧缩形成了利率下调，由于真实利率等于名义利率送去通货膨胀率，下调名义利率降低了社会的投资预期收益率，导致有效需求和投资支出进一步减少，工资降低，失业增多，企业的效益下滑，居民收入减少，引致物价更大幅度地下降，银行资产状况严重恶化。而经济危机与金融萧条的出现，会导致很多投资者对证券市场失去信心，进而引发证券市场下跌。

（十六）如何利用资产负债表

要准确地把握一只股票的走势，除了对宏观经济和行业进行分析之外，还要对公司基本面进行详细分析。一些机构可以对上市公司进行调研，对于大多数投资者而言，进行实地调研显然不现实，因此财务报表成了投资者对公司进行研究的最重要的信息来源。对上市公司的财务报表进行研究包括两个方面的内容，一方面，我们要通过对上市公司财务报表的研究，发现其价值的存在；另一方面，我们要通过对财务报表的研究来发现与事实不符的地方。上市公司必须遵守财务公开的原则，定期公开自己的财务状况，提供有关财务资料，便于投资者查询。这其中包括三大主要报表：资产负债表、利润表和现金流量表。

1. 资产负债表

资产负债表是反映企业在某一特定日期（月末、季末、年末）财务状况的会计报表，反映了一家公司的财产、负债、股东权益及其相互关系，它表明权益在某一特定日期所拥有或控制的经济资源、所承担的现有义务和所有者对资产的要求权。我国的资产负债表按账户式反映，即资产负债表分为左方和右方，左方资产各项目，右方负债和所有者各项目。总资产＝负债＋净资产，而资产各项目的合计。通过账户式资产负债表，可以反映资产、负债和所有者权益之间的内在关系，并达到资产负债左方和右方的平衡。

表 2-1　××公司资产负债表

项目	期初数	期末数	项目	期初数	期末数
流动资产			流动负债		
货币资金	150533	230064	短期借款	61500	19150
短期投资	2299	61752	应付票据	784	1333
应收票据	8293	13729	应付账款	14828	27335
应收股利	2084	3309	预收账款	4139	1269
应收账款			应付工资	15125	15162

（续表）

项目	期初数	期末数	项目	期初数	期末数
减：坏账准备	828	2081	应付福利费	2961	5591
应收账款净额	11123	17890	应付股利	42955	46409
预付账款	5243	8688	应交税金	3143	2025
应收补贴款			其他应交款	151	127
其他应收款	50925	42363	其他应付款	18570	24051
存货	24606	55482	预提费用	4083	10793
待摊费用	223	202	预计负债		
一年内到期的长期债权投资	4	10	一年内到期的长期负债	3221	10121
其他流动资产			其他流动负债		
流动资产合计	255333	433489	流动负债合计	171415	163366
长期投资			长期负债		
长期股权投资	240830	326320	长期借款	28332	22817
长期债权投资			应付债券		
长期投资合计	240930	326320	长期应付款	817	406
			专项应付款		2615
固定资产			其他长期负债	−3071	
固定资产原价	259914	379020	长期负债合计	26078	25838
减：累计折旧	114922	180268			
固定资产净值	144992	198752	递延税项		
减：固定资产减值准备	13874	14802	递延税款贷项	1666	2285
固定资产净额	131118	183950	负债合计	200159	191489
工程物资	1553		少数股东权益	944	948
在建工程	15397	52730			
固定资产清理	55	168	股东权益		
固定资产合计	148103	236848	实收资本（或股本）	140000	252000
			资本公积	202842	491581

（续表）

项目	期初数	期末数	项目	期初数	期末数
无形资产及其他资产			盈余公积	40487	60463
无形资产	2191	4640	其中：法定公益金	17072	24573
长期待摊费用	3025	4138	减：未确认的投资损失		
其他长期资产			未分配利润	65050	8951
无形资产及其他资产合计	5216	8775	外币报表折算差额		
递延税项			股东权益合计	448379	812995
递延税款借项					
资产总计	649482	1005432	负债和所有者权益（或股东权益）总计	649482	1005432

资产负债表是公司财务报表体系中的主要的报表之一，它对不同的报表使用者分析评价公司的财务状况有下列作用。

（1）通过本表可以了解上市公司所掌握的经济资源及这些资源的分布结构。公司所掌握的经济资源，即资产总额。资产的分布与结构是指流动资产、长期投资、固定资产、无形资产、长期待摊费用、其他长期及各类资产内部各项目的分配情况。资产负债表的左边清晰地列示了这些信息。

（2）通过本表可以了解公司的短期偿债能力。公司的短期偿债能力主要反映在资产或负债的流动性上。所谓资产或负债的流动性是指资产转换成现金或负债到期偿还所需的时间。资产转换成现金越快，流动性越强，负债到期日越短，其流动性越强。资产负债表中流动负债和流动资产和负债的流动性及短期偿债能力。

（3）通过本表可以了解公司的资本结构。资本结构即公司的资金来源构成，它是指公司权益总额中负债与股东权益。负债中流动负债与长期负债、股东权益中投放资本和留存利润等的相对比例。负债比重越大，债权人所冒的风险越大，公司的长期愈演愈烈能力越强。资产负债表中右边负债和股东权益一栏所提供的信息，可以帮助报表使用者了解公司的资本结构和长期偿债能力。

（4）通过本表可以了解公司的财务弹性。财务弹性是公司应付各种变化的能力。公司的财务弹性主要取决于以下几个方面：第一，资产的流动和变现能力；第二，公司经营流入现金能力；第三，向投资者或债权人筹集资金的能力；第四，在不影响正常经营的前提下，变现资产取得现金的能力。资产负债表所列的资产分布情况及对资产的请求权，可以帮助使用者了解公司的财务弹性。

（5）通过本表可以预测未来的财务状况的发展趋势。通过对本表不同时期的项目进行比较，可以了解公司财务状况的变动情况，预测公司未来财务状况的发展趋势。

2. 资产负债的局限性

（1）资产负债表是以历史成本为基础的，它不反映资产负债和股东权益的当期市场价值。由于通货膨胀的影响，账面上的原始成本可能与报表编制时的现实价值已相去很远。

（2）货币是会计的一大特点，会计信息主要是能用货币表述，因此，资产负债表难免遗漏无法用货币计量的重要经济资源的信息，如公司的人力资源、固定资产在全行业的先进程度等。

（3）资产负债表包括了许多估计数。例如，坏账准备、固定资产折旧和无形资产摊销，此外，预提费用或有负债也要估计，这些估计出来的数字带有主观色彩，从而影响到信息的可靠性。

（4）理解资产负债表的含义必须依靠报表的总计者的判断。资产负债表有助于解释、评价和预测公司的偿债能力和经营业绩，然而此表本身并未直接披露这些信息，这就要靠报表用户自己去加以判断。不同的上市公司所采用的会计方法可能不同，所产生的信息当然也会有所区别，简单地根据报表数据来进行评价和预测难免会有失偏颇。

（十七）如何利用利润表

利润表又称损益表，是反映企业一定期间生产经营成果的会计清单，该表是反映收入、费用、投资收益、营业外收支洋行墒情动态报表，表明企业运用所拥有的资产进行获利的能力。利润表把一定期间的营业收入与其同一会计期间相关的营业费用进行配比，以计算企业一定时期的净利润（或净亏损）。

我国一般采用多步式利润表格式。利润表主要反映以下几个方面的内容：

1. 主营业务利润的各项要素

主营业务利润从主营业务收入出发，送去为取得主营业务收入而发生的相关费用（包括相关的流转税）后得出。

2. 成营业利润的各项要素

营业利润在主营业务利润的基础上，加上其他业务利润，减去营业费用、管理费用和财务费用得出。

3. 成利润总额的各项要素

利润总额在营业利润的基础上，加投资收益、补贴收入和营业收支等后得出。

4. 净利润和各项要素

净利润在利润总额的基础上，减去本期计入的所得税费用后得出。

表 2－2　××公司利润表

项目	上年实际数	本年实际数
一、主营业务收入	249343	370523
减：主营业务成本	155022	274274

（续表）

项目	上年实际数	本年实际数
主营业务税金及附加	1005	713
二、主营业务利润	93216	95536
加：其他业务利润	1527	6452
减：营业费用	4323	46＋93
管理费用	42075	57282
财务费用	3305	4071
三、营业利润	45040	35942
加：投资收益	19895	48943
补贴收入	2805	
营业外收入	663	2133
减：营业外支出	8660	1488
四、利润总额	59743	85530
减：所得税	10845	6804
少数股利益	−262	4
加：未确认的投资损失		
五、净利润	49160	78722
加：年初未分配利润	28272	65050
其他转入		−3071
六、可供分配的利润	77432	140701
减：提取法定盈余公积	4801	7501
提取法定公益金	1224	3975
提取职工奖励及福利基金		
提取储备基金	66606	121724
七、可供股东分配的利润		
减：应付优先股股利	1556	4973
提取任意盈余公积		37800
应付普通股股利		7000
八、未分配利润	65050	8951
补充资料		

（续表）

项目	上年实际数	本年实际数
1. 出售、处置部门或被投资单位所得收益		
2. 自然灾害发生的损失		
3. 会计政策变更增加（减少）利润总额		
4. 会计估计变更增加（或减少）利润总额		
5. 债务重组损失		
6. 其他		

利润表的作用主要体现在以下几个方面：

（1）有助于评价公司的经营成果与获利能力。通过衡量公司的营业收入、费用、利润等绝对量指标，或用投资利润率等相对指标来评价公司过去的经营成果。比较公司在不同时期或同一行业中的不同公司在相同的时期的有关指标，可以了解公司获利能力的大小。债权人、股东或公司管理者可利用该表提供的信息作出有关信贷、投资与经营方面的决策。

（2）有助于公司管理人员作出决策。利润构成项目的收入费用之间存在着此消彼长的关系，利润表构成项目的分析可以评估公司产品需求的变动，发现公司管理中存在的问题，及时地作出相应的决策，采取改善经营管理的相应措施。

（3）有助于评价公司管理人员的工作绩效。在利润表中比较利润的增减变动情况，以实际利润与计划利润相对比，借以评价公司管理工作的成败。

（4）有助于评价、预测公司的偿债能力。公司偿债能力受制于多种因素，而获利能力的强弱则是决定偿债能力大小的一个重要因素，而获利能力的强弱则是决定偿债能力大小的一个重要因素。获利能力不强，公司资产的流动性就会逐步由好变坏，公司的财务状况就会逐渐恶化，并影响公司的偿债能力。

（十八）如何利用现金流量表

过去，为了弥补资产负债表和利润表的不中，在资产负债表和利润表之外，还曾编制了第三张财务报表——财务状况变动表。但这财务状况表具有明显的局限性，因此，1998 年财政部发布了《企业会计准则——现金流量表》。该准则从 1998 年 1 月 1 日起在我国境内所有公司执行。

现金流量表是反映企业一定期间现金流入和流出以及现金净流量的基本财务报表，表明企业获利现金和现金等价物的能力。现金流量表主要分经营活动、投资活动和筹资活动的现金流量三个部分。现金是流动性最强的资产，它无须变现即可以直接用于支付和偿债。通过单独反映经营活动产生的现金流量，企业在不动用企业外部筹资得到资金的情况下，凭借经营活动产生的现金流量是否以偿还负债、支付股利和对外投资。经营活动产生的现金流量通常可以采用间接法和直接法两种方式反映。在我国，现金流量表也可以按直接法编制，但在现金流量的情况。单独反映投资活动产生的现金流量，可以了解为了获得未来收益和现金流量而导致资源转出的程度，以及前资源转出带来的现金注入的信息。现金流量表中的投资活动比通常所指的短期投资和长期投资范围要广。通过单独反映的筹资活动的现金流量的要求权，以及获得前期现金流入需付出的代价。

1. 现金流量表

表 2-3　××公司现金流量表

项目	金额
一、经营活动产生的现金流量	
销售商品、提供劳务收到的现金	430255
收到的税费返回	91
收到的其他与经营活动有关的现金	11628
现金流入小计	441974
购买商品、接受劳务支付的现金	260798
支付给职工及为职工支付的现金	47660
支付的各项税费	38687

（续表）

项目	金额
支付的其他的与经营活动有关的现金	22135
现金流出小计	369280
经营活动产生的现金流量净额	72694
二、投资活动产生的现金流量	
收回投资所收到的现金	305447
取得投资收益所得到的现金	25329
处置固定资产、无形资产和其他长期资产而	2937
收到的其他与投资活动有关的现金	70512
现金流入小计	404225
购建固定资产、无形资产和其他长期资产支付的现金	50511
投资所支付的现金	331406
支付的其他与投资活动有关的现金	72600
现金流出小计	454517
投资活动所产生的现金流量净额	－50292
三、筹资活动产生的现金流量	
吸收投资所收到的现金	158708
其中：子公司吸收少数股东权益性投资收到现金	
借款所收到的现金	518486
收到的苦命筹资活动有关的现金	11260
现金流入小计	688454
偿还债务所支付的现金	579947
分配股利、利润或偿付利息支付的现金	51325
其中：子公司所支付少数股东权利	
支付的其他与筹资活动有关的现金	9884
其中：子公司依法送交支付给少数股东的现金	
现金流出小计	641156
筹资活动产生的现金流量总额	47298
四、汇率变动对现金的影响	－169

循

环

理 **100**

论

（续表）

项目	金额
五、现金及现金等价物增加额	69531
补充资料	
1. 将净利润调节为经营活动现金流量	
净利润	78722
加：少数股东的损益	4
减：未确认的投资损失	
加：计提的资产减值准备	−591
固定资产折旧	28673
无形资产返销摊销	852
长期待摊费用摊销	2130
待摊费用的减少（或：增加）	41
预提费用的增加（或：减少）	4315
处置固定资产、无形资产和其他长期资产的损失（或：收益）	117
固定资产报废损失	808
财务费用	6125
投资损失（或：收益）	−48943
递延税款贷项（或：借项）	−381
存货的减少（或：增加）	8353
经营性应收项目的减少（或：增加）	−22
经营性应付项目的增加（或：减少）	−8040
其他	531
经营活动产生的现金流量净额	72694
2. 不涉及现金收支的投资和筹资活动	
债务转为资本	
一年内到期的可转换公司债券	
融资租入固定资产	
3. 现金及现金等价物的净增加情况	

第二章 操作系统

（续表）

项目	金额
现金的期末余额	230064
减：现金的期初余额	150533
加：现金等价物的期末余额	
减：现金等价物的期初余额	10000
现金及现金等价物净增加额	69531

2. 现金流量表的作用

（1）通过现金流量表我们可以掌握现金流动的信息，最大限度地提高资金使用率。通过编制现金流量表，公司管理者可以及时地掌握现金流动的信息，为科学、合理利用现金奠定基础。

（2）通过现金流量表所提供的信息，股东和债权人可以了解公司如何使用现金以及将来生成现金的能力。股东和债权人最关心的是公司是否有足够的现金支付股利或偿还到期的债务、扩大生产经营规模，公司主要是依赖何种手段获得所需更多等，而现金流量表提供的信息则恰好能满足这些需求。

（3）现金流量表是政府管理部门对上市公司进行监督的重要依据。现金流量表是一张以现金为基础，综合反映一定期间现金流入和流出情况的报表。我们可以将现金流量表的信息与资产负债表和利润表所提供的信息结合起来考虑，可以评价公司是如何获得现金，又是如何利用现金的，公司的真实财务情况如何，是否潜伏着风险等，有利于防范和化解市场风险。

（十九）如何利用财务比率分析

前面我们说过了直观地通过财务三大报表来对上市公司的财务状况进行分析，这些较为直接的分析方法对于我们要想详细地分析一家上市公司的变现能力、劳动能力、长期偿债能力、盈利能力等远远不够。为了能够对公司的这些能力进行分析，我们必须对一张报表的不同项目之间、各不同类别之间或在同一年度不同的财务报表的有关项目之初是，各会计要素的想到关系进行比较分析，这种分析方法就称为财务比率分析。财务比率分析的方法很，我们在这里只介绍有财务比率"十二罗汉"之称的比率分析。

根据报表使用主体和人们所关注的公司面信息对象的不同，常用的财务比率包括偿债能力比率、资本结构比率、经济效率比率、盈利能力比率、投资收益比率等几类。

1. 偿债能力比率

偿债能力比率包括：

（1）流动比率。其计算公式为：流动比率＝流动资产÷流动负债

流动比率可以反映短期偿债能力。企业能否偿还短期债务，要看有多少债务，以及有多少可变现偿债的资产。流动资产越多，短期债务越少，则偿债能力越强。一般认为，生产企业合理的最低流动比率是2，这是因为处在流动资产中变现能力最差的存货金额，约占流动资产总额的一半，剩下的流动性较大的流动资产至少要等于流动负债，企业的短期偿债能力才会有保证。计算出来的流动比率，只有和同行业平均流动比率、本企业历史的流动比率进行比较，才能知道这个比率是高还是低。

（2）速动比率。其计算公式为：速动比率＝（流动资产－存货）÷流动负债

流动比率虽然可被用来评价流动资产总体的变现能力，但人们还希望获得能比流动比率更进一步的有关变现能力的比率指标。为什么在计算速动比率时要把存货从流动资产中剔除呢？主要原因是：在流动资产中存货的变现速度最慢；部分存货可能已损失报废而还没作处理或已抵押给某债权人；存货还存在着成本与合理高价相差悬殊的

第二章　操作系统

问题。综合上述原因，不希望企业用变卖存货的办法还债，把存货从流动资产总额中减去计算出的速动比率，反映的短期偿债能力更令人信服。通常认为正常的速动比率为1，低于1的速动比率被认为是短期偿债能力信仰，但这仅是一般的看法，因为行业不同速动比率也会有很大差别，并没有一个统一的标准。

（3）应收账款周转率。其计算公式为：应收账款周转率＝销售收入÷平均应收账款

应收账款周转率是反映应收账款周转速度的指标。应收账款和存货一样，在流动资产中有着举中轻重的地位。及时收回应收账款方面的效率。一般来说，应收账款周转率越高，平均收账期越短，说明应收账款的收回越快。否则，企业的营运资金便会过多地呆滞在应收账款上，影响正常的资金周转。财务报表的外部使用人可以将计算出的指标与该企业前期、与行业平均水平或与其他类似企业进行比较，来判断该指标的高低。

2. 资本结构比率

（1）资产负债率。其计算公式为：资产负债率＝（负债总额÷资产总额）×100％

资产负债率反映了在总资产中有多大比例是通过借债来筹资的，它也可被 用来衡量企业在清算时保护债权人利益的程度。从债权人的立场来看，他们希望负债率越低越好，这样企业偿债有保证，贷款也就不会有太大的风险。从股东的角度来看，在全部资本利润高于借款利息时，负债比例越大越好；反之则相反。从经营者的角度看，在利用资产负债率制定借入资本决策时，必须充分估计预期的利润和增加的风险，在两者之间权衡利害得失，算出正确决策。

（2）长期负债比率。其计算公式为：长期负债比率＝（长期负债÷资产总额）×100％

长期负债比率是从总体上判断企业债务状况的一个指标。与流动负债相比，长期负债比较稳定，要在将来几个会计年度之后才偿还，所以公司短期内偿债压力不大。公司可以将长期负债筹得的资金用于增加固定资产，扩大经营规模。与所有者权益相比，长期负债又是固定偿还期、固定

利息支出的资金来源，其稳定性不如所有者权益；如果长期负债比率过高，则必然意味着股东权益比率较低、公司的资本结构风险较大、稳定性较差，这样在经济衰退时期就会给公司带来额外风险。

3. 经济效率比率

（1）存货周转率。其计算公式为：存货周转率＝销货成本÷平均存货。平均存货等于资产负债表中"期初存货"与"期末存货"的平均数。

在流动资产中，存货所占的比重较大。存货的流动性将直接影响企业的流动比率，因此，必须特别重视对存货的分析。存货的流动性一般用存货的周期速度指标来反映，即存货周转率。一般来说，存货周转率速度越快，存活的占用水平越低，流动性越强，存货转换为现金或应收账款的速度越快。提高存货周转率可以提高企业的变化能力，存货周转速度越慢则变现能力越差。

（2）固定资产周转率。其计算公司为：固定资产周转率＝销售收入÷平均固定资产

其中：

平均固定资产＝（年初固定资产＋年末固定资产）÷2

该比率是衡量企业运用固定资产效率的指标，比率越高，表明固定资产运用效率越高，利用固定资产效果越好。

4. 盈利能力比率

（1）资产收益率。其计算公式为：资产收益率＝（净利润÷平均资产总额）×100%

其中：

平均固定资产总额＝（期初资产总额＋期末资产总额）÷2

资产收益率表明了公司资产利用的综合效果。

（2）主营业务利润率。其计算公式为：主营业务利润率＝（主营业务利润÷主营业务收入）×100％

该项指标反映了公司的主营业务获力水平。只有当公司主营业务突出，即主营业务利润较高的情况下，才能在竞争中占据优势地位。

5. 投资收益比率

（1）普通股每股净收益。其计算公司为：普通股每股净收益＝（净利－优先股股息）÷发行在外的加权平均普通股股数

由于我国《公司法》中没有关于发行优先股的规定，所以普通股每股净收益等于净利除以发行在外的股份总数。该指标反映了普通股的获利水平，指标值约高，每一股份可得利润越多，股东的投资效益越好；反之则越差。

（2）市盈率。其计算公式为：市盈率＝每股市价÷每股盈余

市盈亦称本益比或本利比，公式中的每股市价是指普通股每股在证券市场上的买卖价格。该指标是衡量股份制企业盈利能力的重要指标，它用每股盈余与股价进行比较，反映了投资者对每元利润所愿支付的价格。这一比率越高，意味着公司未来成长的潜力越大。一般来说，市盈率越高，说明市场对该股票的评价越高，但在市场过热、投机气氛浓厚时，也常会有被扭曲的情况，所以投资者应特别小心。

（3）每股净资产。其计算公式为：每股净资产＝净资产÷发行在外的普通股股数

公式中的净资产是资产总额与负债之差，即所有者权益。该指标反映了每股普通股所代表的股东权益额。对投资人来说，这一净指标可以使他们了解每股的权益。

财务比率分析的方法主要有单个年度的财务比率分析、不同时期的比较分析、与同行业其他公司之间的比较分析三种。在利用这些比率时要注意以下几个原则。

坚持全面原则。财务分析可以得出很多比率、指标，每个比率指标都从某个角度、方面提示了公司的状况，但任何一个比率指标都不足以评价公司提供全面的信息，同时，某一个指标的不足则可以由其他方面得到补充。因此，分析财务报表坚持全面原则，将所有指标、比率综合在一起得出对公司全面客观的评价，才能挖掘出真正值得我们投资的上市公司。

坚持考虑个性原则。一个行业的财务平均状况是行业内各公司的共性，但一个行业的各公司在具体经营管理活动上却会采取不同的方式，这在财务报表数据中就能体现出来。比如某公司的销售方式以分期付款为主，就会使其应收账款周转率表现出差异。又比如某年度后期进行增资扩股，就会使公司的资产收益率、股东权益收益率指标下降，但这并不表示公司经营真正滑坡，而只是由于资本变动的非经营性因素带来的，所以在对公司进行财务分析时，要考虑公司的特殊性，不能简单地与同行直接进行比较。

第二节　循环分析系统

年有四时，周而复始；月有圆缺，循环无尽。股市如同日月和四季，有其内在的规律性，我们的循环分析系统将从"量价时空"来探讨股市的内在规律性。

从技术分析的角度来看，量价时空可以单独使用，每一个分析方法都可以对股市进行分析预测，当然，如果将四者揉和起来一起使用，刚会让技术分析摆脱了教条式的预测，技术分析则具有了灵魂，技术分析则变成了一门具有艺术性的科学。

量的分析方法我们后面会进行详解。价格构成形态和趋势，形态为趋势之母，关于价格形态的分析我们在技术分析一书中会进行详解，本书重点讲解时空和量的分析方法，并将量价时空的分析方法揉入实战中，形成我们的循环分析系统，整个系统分析为以下五大循环：第一，时间循环；第二，空间循环；第三，思维循环；第四，操作手法循环；第五，资金管理循环。

我可通过分析方法分析出趋势运行时间，运行空间，这在很多投资者眼中已是目的，这里犯了一致命的错误，错误的将理论和实践脱离，对时间和空间的预测只是理论性的分析，如果没有将我们的操作思维、操作手法和资金管理运用在我们分析结果中，就很容易出现眼高手低的结果，有很多投资者都会有过"看对做错"的情形，这就是不懂得将实践和理论结合的后果。

因此，我们的循环分析系统与其说是一套理论，不如说是一套实战组合拳。

（一）数学基础

在讲解五大循环之前，我要先讲解下一个神奇的数列，因为它是时间循环和空间循环的数学基础。

黄金分割是大自然造物主给我们投资者提供的恩赐，其可用于宇宙中一切完美的东西，我们知道希腊人利用黄金分割建造神圣的巴特农神殿，埃及人利用其建成了闻名遐迩的金字塔，达·芬奇的"维特鲁威人"、"蒙娜丽莎"等都是黄金分割的休现；从蜗牛壳的轮廓，到人的耳朵，再到银河系的外观，都有同样的对数螺线形态；另外有人研究过向日葵，发现向日葵花有 89 个花瓣，55 个朝一方，34 个朝向另一方；更有人研究过 65 名妇女的肚脐高度，宣称平均数是她们身高的 0.618（这可能是现在很多女孩子穿露脐装较为美丽的原因吧！）。现在有一种观点认为，整个宇宙的生长形态都是以黄金比数为基础构造出来的。

黄金分割、对数螺线，及至波浪理论等都有一个共同的数学基础——菲波纳奇数列。为何菲波纳奇数列在股市仍具有如此魔力？因为股市也是大规模的人类活动，也是生长现象的一种体现，所以菲波纳奇数列也同样适用于股票市场。经过多次实践证明，菲波纳奇数列在中国股市同样具有神奇作用。所以菲波纳奇数列是循环理论的空间循环和时间循环的数学基础，它在本操作系统中被广泛地应用。

在意大利著名的比萨斜塔附近有一座塑像，他就是 13 世纪的数学家——菲波纳奇。他发现了一组神奇数字，这组数列就是：

1，1，2，3，5，8，13，21，34，55，89，144，233，377……以至无穷。

这组神奇数字存在着许多有趣的性质，下面是它的数字之间的关系。

⊙任意两个相邻的数字之和，等于两者之后的那个数字，例如：$1+1=2$，$2+1=3$，$3+2=5$，$5+3=8$，$8+5=13$，$13+8=21$，$21+13=34$。下面以此类推，皆是如此。这些数字就是我们时间周期的数学基础。这个数列的所有数字就是一个时间窗口。

⊙除了前四个数字外，每一个数字与它后面的数字之比，均近似 0.618。并且越往后越接近 0.618。例如 $5÷8≈0.6$，$8÷13≈0.615$，$13÷21≈0.619$，$21÷34≈0.617$，$34÷55≈0.618$，$55÷89≈0.618$。我们可以看出均接近 0.618。这些比例被我们广泛应用在空间循环中两大技术分析工具趋势图和百变图之中，我们可以用这些比例测算调整的目标位。

⊙除前四个数字外，任意两个数字与相邻的前一个数字的比值均接近 1.618 或者 0.618 的倒数。例如：$13÷8≈1.625$，$21÷13≈1.615$，$34÷21≈1.619$。这些数字是我们建立测量尺的数学基础，可以帮助我们预测趋势运行的目标位。

关于黄金分割，我们只能用"神奇"来形容，在循环理论一书中，我们利用了费波纳奇数列，运用了神奇数字来测算趋势的运行周期，费波纳奇数列的神奇让我们感到宛若有神灵存在。我们不仅在本书运用了黄金分割和费波纳奇数列，我们在短线绝技和长线选股方法都运用了黄金分割和费波纳奇数列。

黄金分割和费波纳奇数列是由大众心态影响所形成，所以这个方法适用大盘、大盘股或交易非常活跃的个股。在一些庄股和成交量很小的个股之中，股价的涨跌不是由大众行为决定的，而是由极其个别人主观意识所决定的，这些个股并不适合应用黄金分割。

（二）空间循环

预测行情首先要预测未来趋势运行方向，然后在此基础之上预测未来行情运行的目标位。我们前面在理论基础中讲解了行情具有一定的趋势，趋势是由波段构成的。本节提供了趋势图来把握未来行情运行趋势，解析行情波段组成状况；提供了百变图来把握和预测未来行情目标位。

1. 趋势图

现在许多理论书籍和股评人士都不厌其烦地告诫股民在操作中要"顺势而为"。事实的确如此，许多投资者的成功之处就在于能够把握趋势方向。但是怎么样才能够顺应趋势呢？这确实是一个令投资者感到茫然的问题。顺势绝不是追涨杀跌，而是正确把握行情的脉搏。要做到这些，就要有一定的理论依据作指导，有一套切实可行的技术分析工具，我们才能够把握具体的入市点和出货点。下面就给投资者介绍一种本人在实际操作中总结出的能顺应趋势发展又能够回避风险的技术分析手段——"趋势图"。下面以 2000 年沪市大盘走势为例来介绍趋势图的制作、功能和使用方法。

（1）趋势图的制作。首先我们来介绍趋势图的制作原理。证券市场分析方法有基本面分析和技术分析。基本面分析是通过对影响价格的各种因素的分析来预测未来价格趋势，这种分析方法需要有全面的基本面资料和及时的信息来源，大多数投资者不具有这方面的条件，因此它对广大投资者并不适合。而技术分析则只是对价格的分析，因此它更适合大多数投资者。价格是基本面的外在表现形式，真正的技术分析其实就是全面透彻的基本面分析。趋势图的基础就是市场价格。现在股市中大多将 K 线图作为分析工具，K 线具有其独特的优点，但是其对价格的反应过于敏感，投资者很难发现行情运行的内涵。趋势图则在制作时采用了滤波工具，在应用中克服了 K 线的缺点。滤波工具主要是趋势图的天数。我们画图时所用的天数对所画图形的准确度有很大的影响。我们平常所用的天数多为四天，但是所选取股票不同，其行情走势也有不同的特点。例如小盘股和大盘股的走势特点就截然不同，小盘股在走势上一般表现为比较大，这样所采用的天数就相对少一些，而大盘股走势相对小一些，在选择天数时要相对多些。

上面讲了趋势图的基本原理，从中我们可以看出在趋势图的整个制作过程力求简明、实用，目的是能够让投资者既能够轻松掌握，又能够很好的收益。趋势图的构成也很简单，图形的基本组成部分是波段，整个趋势图是由很多波段构成的。波段分为上涨波段和下跌波段，每个波段又由蓄势区和扩展区构成。

首先选取一个波段行情的低点作为起始点。在选取起始点时最好以阶段性的地点为准，这有利于我们以后对行情的目标位进行预测。图 2 是选取 1999 年 12 月 27 日的最低价 1341 作为起始点。

然后以起始点为标准，当有一天行情的和收盘价高于前四天收盘价时，向上画一个价格区间。这个区间为上涨蓄势区，它预示着经过蓄势区后行情要延续一点时间。图 2 中的 1341～1366 点即是上涨蓄势区。上涨蓄势区其实是行情的孕育阶段，这个阶段的行情走势表现方向不明。

蓄势区以后的价格运行区间在画图时另起一行，它的整个运行区间为上涨扩展区间。扩展区间是上涨蓄势区蓄势的结果，也是行情中对投资者最有价值的部分。在这个区间进行操作就体现了"顺势而为"。

同样当行情向下跌破前四天收盘价时向下画出下跌蓄

势区和扩展区间（图2—1）。

图 2—1

（2）趋势图的功能。趋势图在实际操作中有极高的利用价值。通过其在中国股市的实际应用效果统计，按其最基本的操作，其入市准确率高达88％，其获利能力为行情的116％。如果我们再利用一下辅助工具其效果将会更佳。它的具体功能有以下几个方面：

第一，净化形态功能。在平时我们对行情形态进行分析时，主要是依据K线图，会发现用日K线分析时形态显得不够直观，但是用周线、月线分析时又会使行情的具体走势不能真正体现。而趋势图在具有其他图形的形态分析功能的同时，由于本身具有滤波作用，因此具有更加直观的效果。

第二，波浪理论的最佳辅助工具。现在许多用波浪理论分析行情的投资者主要是依据K线，这使数浪各有不同。因此对行情分析的正确程度也就值得怀疑了。由于趋势图在制作中本身有滤波的作用，它克服了使用K线图时波浪不明的缺点，有更加清晰的波浪，使许多喜欢用波浪理论作为分析工具的投资者如鱼得水。

第三，可以实现风险的最小化和利润的最化。风险的最小化和利润的最大化是每一个投资者的追求，但是在实际的操作中却很难实现。趋势图的功能为投资者实现这一目标提供了理论基础。其亏损率平均数为2.3％，这为投资者实现风险的最小化提供了安全保障。而其入市时行情的损失平均数为3.7％，其利润率却高达116％，这是实现利润最大的必需条件。

第四，目标预测功能。趋势图的预测功能具体表现在两个方面。第一是通过形态分析来预测行情目标位。关于具体形态分析的方法这里就不再多讲。第二是回调目标位的预测。它具体分为三种，第一种是超强势调整，它的目标位应在前一波主升浪的38.2%位，主要出现在行情突破形态后的回抽行情。第二种是强势浪的调整行情，它的目标位在前一波主升浪的50%，主要出现在主浪的调整行情中，而且主浪的目标位基本达到。第三种是弱势调整，他的目标位是前一主升浪的61.8%，主要出现在行情的最后阶段，出现这样的调整后一般预示行情要反转（第一浪例外）。

（3）趋势图的使用方法。趋势图的使用方法分为基本操作和高级操作。基本操作方法是利用趋势图的基本信号（上涨蓄势区出现后买进，下跌蓄势取出先后卖出）去操作，而不去附加其他的分析手段，准确率高达88%以上。而高级操作则是利用趋势图功能中的形态分析和目标预测去操作。

例如在2000年的行情中，当1341～1366点的蓄势区间出现后我们即可入市，之后行情在扩展区间中达到1548点，我们获利最高可达到13.3%，即使在下跌扩展区间出现后仍有7.2%的收益。基本操作可能会使投资者损失蓄势区的一阶段行情，因此我们在实际应用中最好应用高级操作。这种操作具体包括趋势图功能的各个方面，是一个全面系统地分析操作方法。限于篇幅，这里只举一个简单例子，当1401～1770点的主升浪出现后，我们可根据回调目标位的预测方法测算出目标位在1585点，而实际行情达到1586点。高级操作虽然能够给投资者到来更大的利润，但这种操作事在行情的孕育时期介入，因此也具有更大的风险，所以投资者要具有更浅的风险意思。

2. 百变图

股市中的技术分析可谓是千姿百态，每种技术分析都有其独到之处，但是能明确给出买卖价位的技术分析却鲜有所闻。经过多年研究，一个包容广泛的百变图终于应运而生。简明有效，把感性的东西量化，使投资者能一目了然是百变图最大的特点。若能让投资者通过百变图清楚看到买点和卖点，为投资者在股市这个仁者见仁、智者见智的市场中提供一种轻松有效的操作方法，也算本人尽到了一些锦薄之力了。百变图最大的特点就是它的准确性和可操作性。在百变图中不会有盲区出现，任何时候都可以为投资者提供何时可以进货、何时可以出仓、何时需要观望的信息。百变图克服了一些技术指标不能指明价位的缺点，能明确显示出何处是买点何处是卖点。你将不会再为行情的扑朔迷离所困惑。而且百变图具有兼容性，波浪理论、道氏理论、点数图都可以在百变图中充分应用。下面我们具体介绍百变图的制作、操作方法和功能。

（1）百变图的制作。百变图是我们创造技术分析的出发点，它的制作充分反映了这一点。为了便于投资者了解，我们采用 2001 年沪市大盘指数走势为例来说明百变图的制作过程。当然在制作之前要进行一些简单准备工作，准备工作有以下几项：

⊙准备图纸。首先准备一张坐标纸，以纵坐标为价格轴，根据我们的需要对价格轴进行划分和标价。恰到好处的标价可以让我们在以后画图时省去很多麻烦。因此对价格轴进行标价时要先进行预测，先估计出我们所选股票的未来走势区间。以图 3 为例：首先，我们可以看出大盘明显处于弱市，且现在大盘离顶部仍有一段距离，且市场有千点论，所以我们在画图 3 时以 2245 点作为价格轴的顶，而以 1000 点作价格轴的底来划分纵坐标。我们要对预测空间适当放大，免得价格波动超出价格轴范围，造成不必要的麻烦。例如，在这里我们可以让顶部放大至 2400 点，让下面放大至 900 点。同样，我们如果要研究中国股市的全部运行空间，我们可以以 100 点作为纵坐标的底，以 2245 作为纵坐标的顶。

⊙选择起点。选择我们所要研究股票的价格起点时，要尽量做到保持图形完整。股价的起点最好是一个重要的底部或者是顶部。例如，沪市大盘指数的 2245 点就是一个重要的转折点，具有重要的意义，为了保持后面的图形较为完整，在图 3 中我们就选取关键点位 22445 点作为起点。

⊙选取合理的标准尺。标准尺的选取十分重要，它直接关系到我们所画图形的准确程度的高低，关系到我们所画图形所属趋势的等级。我们要根据不同的需要来选择标准尺。如果我们要研究长期趋势，我们就要选择较大的标准尺，图形就会相对反应较大级别的趋势，但缺点是信号会显得比较迟钝，我们可能因此而失去很多机会；如果我们要研究短期趋势，就可选取较小标准尺，图形所反映趋势为较低级别，小级别趋势会出现一些长期趋势所表现出来的不同信号，但是短期趋势较易出现反转，容易造成信号频繁，给我们操作造成不必要的损失。一般情况下，个股标准尺定在价位的 5%，而大盘则定在指数的 2%～3% 之间。因为每只股票都有独自的行情走势，因此通过实践来确定有效的标准尺是最科学的。对于较为活跃的股票标准尺应相对大一点，而对股性较为呆滞的股票则可适当缩小。标准尺还要随价位的变动而采取相应的调整。我们在这里选择 60 点作为标准尺。

在完成了上述准备工作之后，我们就可以进行百变图的绘制：

第一步，从起点 2245 点算起，当价格向上（或向下）变动达到标准尺长度时，就要向上（或向下）画出两条柱状线，这时如果价位向上（或向下）变动一个价位，也就是讲，行情是顺着我们刚才所画的方向运行，就要在图形上沿着原来的方向画出来。而如果价位向相反的方向变化未达到标准尺长度，就忽略不计。直到行情回调（或反弹）幅度达到标准尺时，才可以向相反的方向画，并且一直画到价位变化重新达到标准尺长度。例如：我们以 2245 点作为起点，当大盘下跌至 2185 点以下时，就达到了我们 60 点的标准尺，我们就要向下画出，而在行情到达 2165 点以前，没有出现过上涨超过 60 点的行情，因此我们可以一直画到 2165 点，但是在 2165 点出现了一个反弹行情，而且超过 60 点，我们就向上画起，这波行情一直延续到 2243 点才出现转折，我们就一直画到 2243 点。

　　第二步，在画好的百变图中，不同的区间代表着不同的含义，有着不同的用途。为了应用中便于区分，我们要在各个不同的区间涂上不同的色彩。我们在 B 区用红色来画，所有的修正区我们都不涂色，而在 S 区则用绿色来画，而在雾区我们则用黑色来画，而对于临界点，我们用紫色来表示，对于恢复点我们则用黄色来表示。

　　从上面的过程，我们可以看出百变图的制作过程极为简单，每天只需花上几秒钟的时间，有时几天都不用画上一笔。下面就是 2001 年和 2000 年的沪市大盘指数百变图（图 2—2、图 2—3）

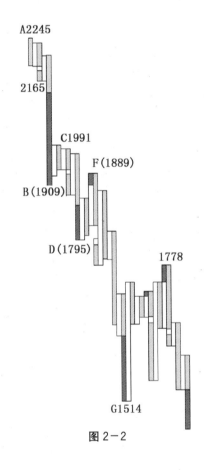

图 2—2

　　（2）百变图的构成及其作用。从百变图的制作过程我们可以看出，虽然百变图在制作方法上非常简单，但是它的构成却有很多元素。它分为：

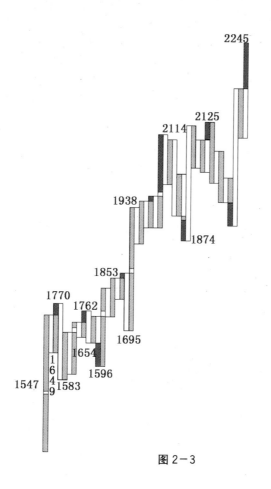

图 2-3

⊙起点。起点在百变图中只有一个。一般情况下，我们根据行情走势设定。它在选择上有个基本原则，就是要保持整个图形完整，最好是选择一波行情的起点作为"起点"，不但有利于百变图自身的应用，也可以让趋势线等传统技术工具有用武之地。

⊙修正区。在百变图上没有涂颜色的那些区域就是修正区，它代表着多空双方在这个区间达成了短暂的平衡。股价经过一个波段的运行后在这里进行休整，是持续还是反转，要看这个区间的具体表现。但是大部分情况下修正区都是一个蓄势阶段，出现真正的反转的几率很低。修正区是行情最平静的时候，这个时候一些经典的技术图形也会浮现，虽然是行情最平淡的时候，但是却是我们对持仓进行调整的良机。

第二章 操作系统

⊙转折点。在百变图中会出现很多个转折点，每一次方向出现变化时的点就是转折点，它形成了以后行情运行的重要的压力和支撑位。特别多个转折点重叠的时候将构成重要的支撑线（或压力线），传统的双重顶、三重顶等形态都可以在这里运用。例如：在 2001 年的跌势行情中，B（1909）点和 D（1795）点，在这两个点都有多次转折点出现在这里，我们可以看出以后反弹的高点也是在这里出现，这些点在操作时可以作为重要的止损点。转折点并没有预期的功能，在很多时候转折点只不过是行情发展的一个驿站。

⊙临界点。它属于众多转折点中较为特殊的一个，它具有真正转折的意义，在百变图中以紫色标出。因为趋势的难以改变的性能，使临界点出现几率很低。我们可以看出 2000 年和 2001 年只出现过一个临界点。临界点是多空相互转换的分水岭。跨越了临界点，就预示着行情出现了反转，也就是我们要进行持仓结构重大调整和转换投资策略的时候，很多重要的买卖良机在这里产生。如果临界点和前面的转折点重复次数越多，则这个临界点的作用也就会愈来愈大。临界点是一个技术指标，是行情发生反转的标志，但是跨越了临界点行情也正好进入了雾区，因此在操作上要注意风险。临界点只是牛熊的分水岭，但却不是最好的入市机会。

⊙标准尺。标准尺的选取没有量化的概念，主要是依赖平时的经验，也可以随着行情的变化而调整。它主要是起到滤波的作用，把没有价值的行情波动有效的滤掉。平时在 K 线图上看到的杂乱无章的波动经过标准尺的过滤后，趋势运行的所有特点将清晰的呈现在投资者面前。它标准与否，就要看其是否能够把市场的没有用的行情滤掉，将直接决定其准确性和有效性。

⊙恢复点。百变图中出现的黄色点就是恢复点，它代表一波行情经过修正后重新恢复。恢复点是行情进入 B 区和 S 区的界碑。恢复点是关键的买卖点。

⊙B区。在百变图中用红色涂出的地方就是 B 区。在牛市行情中，股价经过修正期后，一旦跨越恢复点就进入了 B 区。一旦行情进入 B 区后，代表一个波段的趋势重新开始运行，将维持一个相当长的时期，会走出一个完整的波段。它是多头控制的行情区间，行情在这个区间运行时，多头人气旺盛，股价亦是步步上扬，成交量明显放大，行情在这个区间呈现出波浪式上涨。操作原则：我们在操作上要尽量避免做空，以持仓为主。

⊙S区。在百变图中以绿色涂出的区域就是S区。在熊市中，一旦股价跨越恢复点就进入了S区，这是市场空方控制的区域。自从临界点在B区出现后，行情便开始在S区运行，这个区间市场人气低迷，股价在抛压作用下不断下滑，成交量也出现萎缩。我们在这个区间要树立空头思维，在操作上，如果有持仓则以逢高出货为目标，如果没有持仓，则要以观望为宜，打短线要以小资金介入为宜。

⊙雾区。之所以把其命名为雾区，主要因为这里行情难以把握。雾区有顺市雾区和逆市雾区两种。顺市雾区是在牛市和熊市中的背离期出现，其位置就是股价越过恢复期的高点之后的区域。而逆市雾区则在牛市的回调和熊市的反弹中出现，其位置出现在第三波收尾。雾区是重要的出货点和进货点，但是在这里仍会有一定的风险存在，在操作时可结合趋势图进行。

⊙另外百变图还有辅助工具，如支撑点、压力点、警示点。

(3) 百变图的使用原则：

⊙具有趋势的特点。市场存在着一定的趋势。这种趋势具有以下几个特点。第一，趋势是种原因共同作用的结果。一旦趋势确立以后，将难以改变。市场在出现反转后，将会以一种趋势一直运行下去，一些短的反向走势也只是为行情发展积聚能量而已。第二，趋势是可以改变的，牛市和熊市会相互转换。第三，趋势有很多种。趋势按方向来分有两种：涨势和跌势。按时间和空间来分有：长期趋势、中期趋势、短期趋势。第四，任何种类的趋势都有着相同的结构组成，这个共同的结构就是波段。第五，趋势具有包容性，长期趋势可以包容很多中期或短期趋势。第六，趋势具有一定的时间和空间。

⊙具有波段的特征。趋势是由波段构成的。波段具有以下几个特点。第一，波段具有方向性。第二，波段是构成行情的细胞，具有一定的结构，而且行情的每一个细胞都有着相同的结构链。当不同的波段出现时，行情也就会出现逆转。每个波段又由波组成。第三，波段具有等级，不同的波段构成不同的趋势。长期趋势的一个波可能是短期趋势的一个波段组成的，也可能是一个短期趋势组成的。

每个波段分为五个组成部分，其构成如下图（图2-4）：

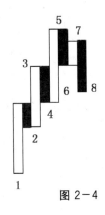

图2-4

⊙具有趋势发展特征。市场发展是循序渐进的，每一段行情都要进行修正。我们从前面知道，趋势由波段构成，而波段又由波组成。波本身没有方向。每一个波运行结束后都要进行修正。例如：波1需要波2进行修正。每一个趋势也会进行修正。每一个波段的发展由五个阶段构成。

⊙牛市的背离期一般较短，而熊市的背离期则往往较长。在使用雾区进行操作时要区别对待。

⊙同等级别的回调幅度不能超过上涨幅度。同样的，同等级别的反弹亦不能超过下跌幅度。

（4）操作方法。通过对投资者的进货方法进行分析，我们发现最具有价值的操作方法不外乎逢低吸纳、突破跟进。这两种操作方法有不同的应用环境。投资者有不同性格，因此每个人所采用的投资策略也各有不同，有的投资者喜欢采用逢低吸纳，而有的投资者偏好突破后跟进。不论采用哪种方式，百变图都能提供明确的信号。

首先我们讲一下入市点。根据百变图的构造，它具有四个基本入市方法：

⊙临界点入市法。临界点作为一个重要的反转信号，是我们调整操作思路、转变观念的重要关口。它是最基本的入市方法。但是出现临界点之前，往往因长时期的多头或者空头市场存在，大部分投资者存在着多头思维或空头思维，行情也会因此出现反扑，出现技术逃命线，所以临界点往往并不是最好的入市机会。从百变图来说，临界点的出现，一个波段的行情也相应会出现雾区，所以真正安全的进货良机应该是等到出现修正期的雾区才入市。我们可以看到两年之内只出现过一次临界点，所以临界点预示着一个较大机会的来临，预示着长线操作建仓绝佳机会的来临。

⊙恢复点入市法。恢复点入市法是最常见的入市法。利用恢复点进行入市有两种方式：第一，当行情经过一个修正期后，重新跨越恢复点进入 B 区，那么就预示着新一轮行情即将展开，我们可以果断跟进；第二，当股市进入 B 区后，出现了修正期，这时也是进货的绝好时机。

⊙目标位入市法。趋势的发展要进行修正，我们可以借助股价进行修正时介入。首先，进入 B 区后，每一次回调都是较好的买点，我们可以通过计算介入。其次，行情进入修正期，虽然预示着股价要调整，但是相应地也会出现一个较好的机会。我们可以以测量尺为标准，也可以以转折点为标准，也可以通过基本形态去测量目标位。这种入市方法技术性很强，它需要我们具有丰富的实际操作经验。

⊙雾区入市法。对于雾区入市法，要区分牛熊市，树立不同的操作思维。在牛市，当修正区出现雾区时，我们就可果断介入，可以中长线来操作；但是在熊市中，我们则要树立短线思维，因为我们所抓的只不过是一个反弹而已，千万不可贪心，等待行情出现反转。当然，雾区入市法具体点位还需要进行测算，可以通过测量尺对目标进行计算，也可以通过传统的技术形态来测算。

一个完全的操作不仅要买得好，而且还要卖得好。百变图不仅能够提供明确的入市店，而且能够提供明确的出仓点，不会再使投资者在出货时感到茫然无助。

第一，临界点出货法。如果在牛市中出现临界点，一定要进行出货。因为股市存在着牛长熊短的特点，所以牛市出现临界点远比熊市出现临界点可怕得多。

第二，目标价位出货法。就是大道一定利润时离场的一种操作方法。这种操作方法主要应用对象为一些比较保守的投资者，当然也用于那些短期内获取暴利的行情中间。我们可以看出每经过一个完整的主升行情后，都会出现一个调整行情，即出现修正区。因此我们可以通过计算，测出每波行情的目标，然后在目标位进行出货，可以让我们有一个较高的收益。同样，我们多行情的目标进行预测可以通过测量进行，也可以用基础形态分析进行测量。

第三，雾区出仓法。在行情进行雾区后，一般运行空间都较为有限，收益和风险在这个区间已不成正比。虽然雾区是调整行情的前奏，但是修正期仍是为下一波段行情进行蓄势。因此长线投资者在雾区仍可以不出货，但是进行中线操作或者波段操作的投资者，则可以利用雾区进行出货，及时回避股价调整的风险。雾区是最主要的出货方法，但是它有一个缺点，就是雾区虽然给我们指出了出货时间的到来，指出了出货的区间，但是并没有指出出货的价位。具体价位我们仍要利用测量尺等进行计算。在熊市我们利用目标位介入的短线股票，在出现平衡区雾区时一定要果断出货。

（5）测量尺。百变图给我们提供了一个去繁就简的形态基础。但是如何利用它来进行价格预测？测量尺就是以百变图为基础，对行情的未来发展目标进行预测的一种工具。它不但是百变图的一部分，作为一个重要的辅助工具。也同样适用于趋势图中。测量尺不是凭空设想的，而是我们以费波纳齐数列为基础，通过我们的实际操作验证的一种预测工具。它是建立在很多次操作实践基础之上的行之有效的一种目标预测工具。下面就是测量尺：

1	0.618	1

我们这里的测量尺是以 1 为系数。当出现了每一个 B 区后，我们就可以用测量尺对下一行情目标进行预测。我们以上证指数为例来说明测量尺的用途。大盘从 1994 年 8 月 1 日起运行到 2001 年 6 月 14 日，完成了一个完整的大波段。可以算出上证指数第一波段从 325.89 点到 1052.89 点共运

行了 727 点，然后就可以运用测量尺对其以后的目标位进行测量，其第二波目标位计算方法如下：

$$(1+0.618) \times 727 + 325.89 = 1176.286 + 325.89 = 1502.18$$

其第三波目标位计算方法如下：

$$(1+0.618+1) \times 727 + 325.89 = 1903.286 + 325.89 = 2229.18$$

而事实上上证指数第二波运行到了 1510.12 点，和我们算出的目标位 1502.18 只差了不到 8 个点。同样在第三波的目标位，我们测算为 2229 点，而大盘实际上运行到 2245 点，误差也只有 16 点。准确性达到了 99%。

前面我们讲过了对行情持续发展进行目标测量可以用测量尺，同样当行情出现调整时也可以用测量尺对回调幅度进行测量。这时我们要选取一个前期完整的趋势作为基础。这里所说的完整，最好是包括五波段行情在内的。上证指数历经七年牛市上涨后，从 2001 年 6 月份进行了大调整，那么其调整的第一目标到底在何处？其计算方法如下：

$$2245 - 1 \div (1+0.618+1) \times 1924 = 1510$$

可以看出这个点和实际上的回调点位 1514 点只误差了 4 个点。

测量尺不但对长期趋势可以精确测量出目标位，对短期趋势同样具有惊人的准确性。大盘从 1596 点运行到 1853 点共 257 点，那么我们对其支撑位的预测如下：

$$1853 - 1 \div (1+0.618+1) \times 257 = 1755$$

$$1853 - (1+0.618) \div (1+0.618+1) \times 257 = 1694$$

从事实看出，大盘在 1755 点失守后，在 1695 点止跌回升。同第二目标位只有 1 点之差。

对目标位进行测量时，我们要运用衰退期的顶部，而不是用背离期的顶部。举一个例子：大盘从 1341 点运行到 1770 点，共运行了 429 点，而大盘从 1771 点下跌至 1583 点共 187 点，第二波回调从 1762 点到 1586 点共 176 点。

（6）简化百变图。有的进行长线操作的投资者，利用百变图进行操作，仍嫌画起来有点烦琐，因此想利用更为简明的图形，这时我们可以对百变图进行简化。简化的百变图不是以点数来简化，而是以行情来简化。我们知道每一个波段都是具有相同的结构，那么对百变图进行简化，可以把每一个完整的波段结构作为一个波段去画。对平衡区也进行简化。但是我们要对每一次转折点进行标出。简化的百变图将更能明确地表达出行情走势。图 2—5 就是 2000—2001 年行情的简化百变图。

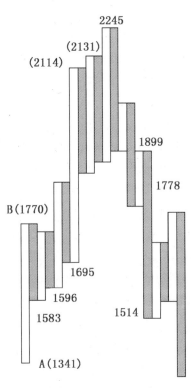

图 2—5

（三）时间循环

在实际操作中，我们不但要知道趋势运行到何处，还需要知道趋势运行到何时，因此，有了能预测目标位的空间循环还不够。我在本节就详细介绍如何预测趋势运行到何时。

同空间循环一样，时间循环同样要借助费波纳齐数列（1，1，2，3，5，8，13，21，34，55，89，144，233，377等等）。这个数列的每一个数字都是一个时间窗口，在每一个时间窗口趋势都会产生异动。数字越大，产生异动的幅度越大。如果这种异动最终导致趋势出现反转，这个日期就是反转日。当然，这种逆转可能是短期的，不一定是对整个趋势的反转，可能只是一个中期的休整。准确地对这些反转日进行预测可以让我们提前做好准备，在行情到来之前做好一切计划。能够对未来的反转日进行精确的把握可以赚取丰厚的利润，是每一个人投资者梦寐以求的事情。这在很多人看来有点玄，事实证明，如果撑握了本节所讲的时间循环，成功预测行情反转时间并不是一件非常困难的事情。

科学证明，在人类的活动中，大多数人的行为都具有一定的重现周期。股市作为一个很多人参与的市场也同样具有一定周期性，特别是在近几年股民人数大幅度增加后，股市运行周期性也越来越有规律性。对行情的预测分析只能从空间和时间两个方面才能完全把握。前面我们已提供了百变图、测量尺和趋势图，可以通过趋势图和百变图来预测行情运行空间的目标位，但是却没有办法预测行情的时间目标位。通过对股市行情周期的研究，我发现中国股市周期性极强。以下是中国股市中符合时间循环的一些实例。

1992年11月24日沪市指数从410.81开始上涨，到1993年2月10日的1528.51点，运行周期正好是55个交易日，这轮波澜壮阔的上攻行情运行周期正好符合我们的时间循环理论。而之后变出了一轮反转行情，大盘从此进入一轮漫长的熊市行情。

1994 年 7 月 29 日，沪市指数从 325.89 点开始上涨，运行到 1994 年 9 月 14 日的 1052.94 点，运行周期共 34 个交易日。

1997 年 2 月 2 日，沪市指数从 870.78 点开始上涨，运行到 1997 年的 5 月 12 日的 1510.18 点，运行周期共 55 个交易日。

1999 年 5 月 17 日，沪市指数从 1047.83 点开始上涨，到 1999 年 6 月 30 日的 1756.18 点，共运行了 33 个交易日（和 34 差一天）。

2001 年 6 月 14 日，沪市指数从 2245 点开始下跌，运行至 2001 年 10 月 22 日的 1514 点，时间上正好是 89 个交易日。

2001 年 10 月 22 日，沪市指数从 1514 点开始反弹，运行至 2001 年 12 月 5 日的 1776 点，时间上是 32 个交易日。而从第 34 个交易日正式开始下跌。

2001 年 12 月 5 日，沪市指数从 1776 点开始下跌，运行到 2002 年 1 月 23 日的 1345 点，时间上正好是 34 个交易日。

2002 年 1 月 23 日，大盘从 1345 点开始反弹，运行到 2002 年 3 月 21 日的 1693 点，正好运行了 34 个交易日。

2001 年 6 月 14 日，上证指数从 2245 点开始下跌，运行到 2003 年 1 月 6 日的 1311 点，总共运行了 377 个交易日，这个时间周期引发了一轮 300 多点的跨年度的反攻行情。

2003 年 4 月 17 日，上证指数从 1649 点开始下跌，运行到 2004 年 11 月 18 日，大盘总共运行了 144 个交易日，之后便激发了一轮近 5 个月的跨年度的行情。

从上面实例我们可以看到，行情反转日大多都出现在费波纳齐数列上。在无数次历史面前，我们可能会豁然开朗，可能会感叹中国股市是如此有规律。大自然还有很多人们所不能理解的东西存在，股市周期也是其一。这种周期性并不受政策等客观环境影响，从某种意义上可以认为是周期引发了基本面的变化，而不是基本面的变化造成了周期。周期就像钱塘潮一样，时间到了自然会滚滚而来。

（1）1992 年 11 月 24 日沪市指数从 410.81 开始上涨，到 1993 年 2 月 10 日的 1528.51 点，运行周期正好是 55 个交易日，这轮波澜壮阔的上攻行情运行周期正好符合我们的时间循环理论。而之后变出了一轮反转行情，大盘从此进入一轮漫长的熊市行情。

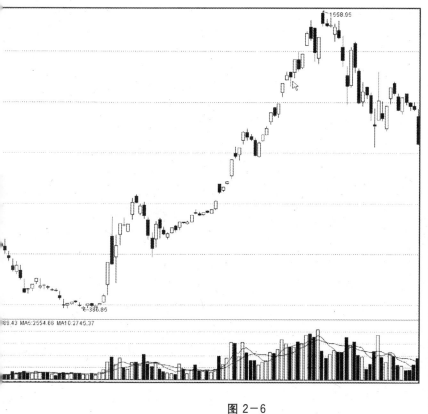

图 2-6

第二章 操作系统

（2）1993年2月16日上证综指从1558.95点见顶回落，进入中国股市第一次熊市，这轮下跌持续到1994年7月29日的325点，跌了近一年半，这轮下跌跌幅高达75%，共用了369交易日，和时间周期的377天相差8天，误差只有2%。

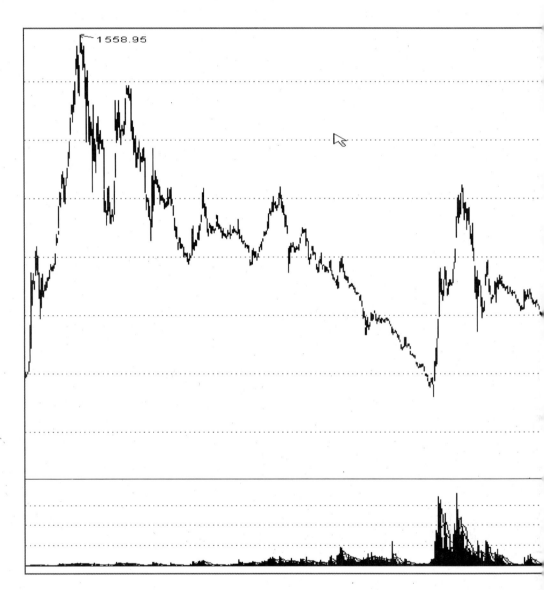

图 2—7

(3) 1994 年 7 月 29 日，沪市指数从 325.89 点开始上涨，运行到 1994 年 9 月 14 日的 1052.94 点见顶，短短一个半月的时间内暴涨了两倍多，运行周期共 34 个交易日。正好符合我们的时间周期。

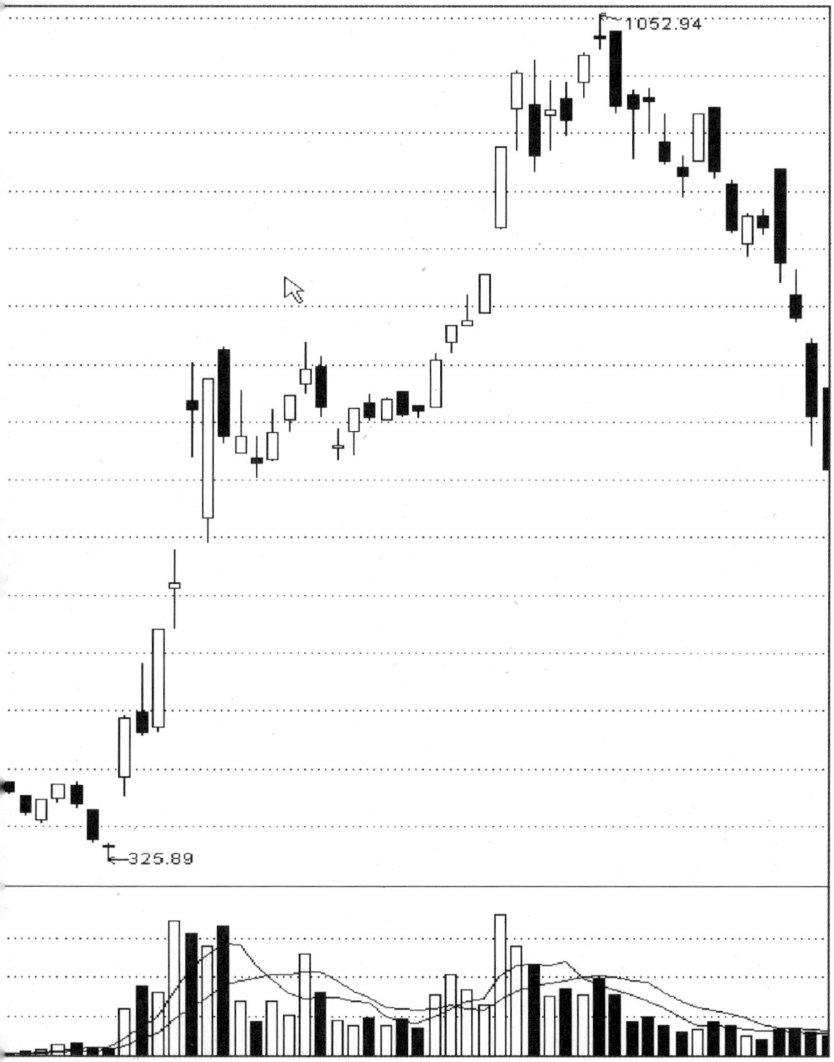

图 2－8

阅读心得

　　（4）1994 年 9 月 14 日大盘从 1052.94 点再次见顶回落，进入漫漫熊途，到 1996 年 3 月 29 日大盘真正进入牛市，正好用了 377 天，和我们的时间周期正好对应，并且和上次下跌的时间周期正好等长。

图 2－9

（5）年5月18日大盘受利好消息影响大幅扬升，正好用了三天，符合时间周期。

926.41

图 2—10

（6）1996 年 1 月 26 日大盘见顶回升，从 515 点运行到 1996 年 4 月 29 日的阶段性高点运行了 57 个交易日，和 55 个交易日的时间窗口误差只有 2 天。

图 2—11

（7）1996年5月30日大盘从634点见底回升，运行到1996年8月12日的894点，用了53个交易日的时间，和上一轮上攻的时间基本相同，和时间周期的55个交易日的时间窗口相差只有2天。

图 2—12

1996 年 9 月 19 日大盘从 754 点上攻运行到 1996 年 12 月 11 日，用了
56 交易日的时间，和我们的时间窗口误差只有一天。同上两次主升浪的时间基本相同。

图 2—13

（8）1998 年的 6 月 4 日大盘从 1422 点回落到 1998 年的 8 月 18 日 1043 点用了 54 个交易日，和我们的时间窗口的 55 个交易日只误差了一天。

图 2—14

（9）1998 年 8 月 31 日大盘从 1072 点探底成功，上攻到 1998 年 11 月 18 日的 1292 正好运行 55 个交易日，和我们的时间窗口完全对应。

图 2—15

（10）1998 年 11 月 18 日大盘从 1292 见顶回落，这轮下跌运行到 1999 年 2 月 8 日的 1064 点。共用了 59 个交易日，和我们的时间窗口 55 个交易日误差了 4 天。

MA5:223136.83 MA10:193489.58

1047.83→

图 2－16

第二章 操作系统

(11) 1999 年 2 月 8 日大盘探底成功，从 1064 点运行到 1999 年的 4 月 9 的 1210 点，共用了 33 个交易日，和我们的时间窗口 34 天误差只有一天。

循

环

理

论

图 2－17

(12) 1997 年 2 月 20 日，沪市指数从 870.78 点开始上涨，运行到 1997 年的 5 月 12 日的 1510.18 点，运行周期共 55 个交易日。

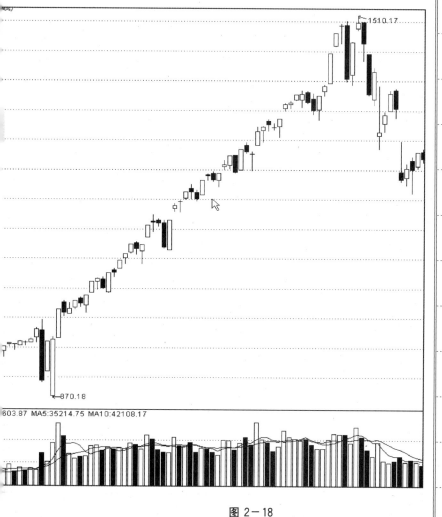

图 2-18

(13) 1998 年 3 月 23 日大盘在 1178 点见底，上攻到 1998 年 6 月 4 日的 1422 点，共运行 53 个交易日，和我们的时间窗口相差了 2 天。

图 2－19

（14）1999 年 5 月 17 日，沪市指数从 1047.83 点开始上涨，到 1999 年 6 月 30 日的 1756.18 点，共运行了 33 个交易日（和 34 差一天）。

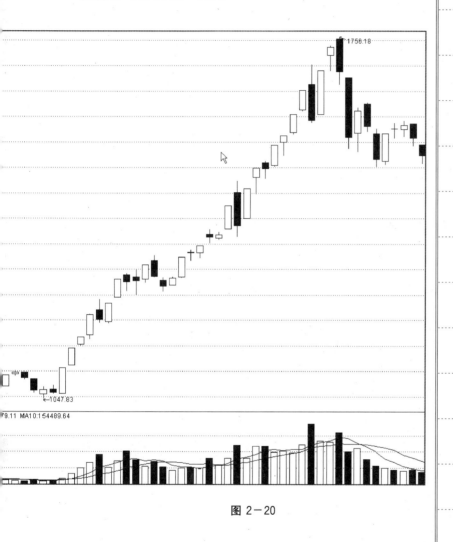

图 2-20

(15) 1999 年 12 月 28 日深成指从 3284 调整到位展开上攻，这轮上攻持续到 2000 年 8 月 11 日见顶，共运行了 147 个交易日，和我们的时间窗口 144 天误差只有 3 天。

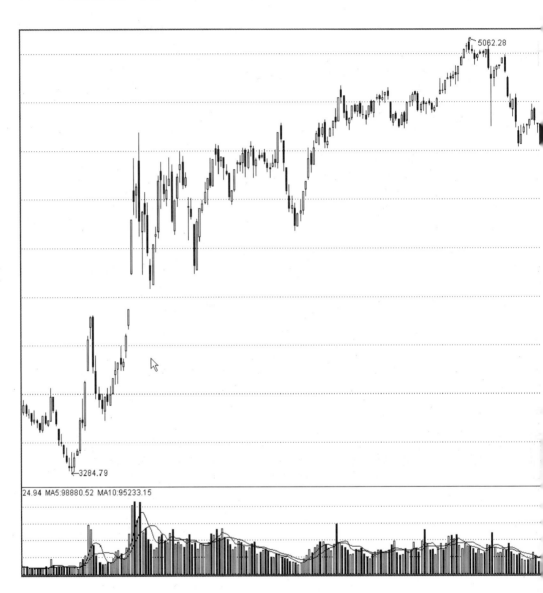

图 2-21

（16）2000 年 8 月 11 日，深成指在 5062。28 点见顶回落，跌到 2000 年 9 月 26 日的 4424。01 点，时间正好是 33 日。和我们的时间窗口中的 34 天误差只有一天。

图 2-22

(17) 2000 年 9 月 26 日的 4424 点大盘反弹，运行到 2000 年 11 月 23 日创下反弹最高点，时间运行了 38 个交易日，大家可以看到在 34 个交易日已基本见顶，和我们的时间窗口也是基本吻合。

MA10:101641.80

图 2—23

(18) 2000 年 11 月 23 日大盘从 5011 开始回落，到 2001 年 2 月 22 日的 4318 点见底，正好运行了 55 个交易日，和我们的时间窗口完全吻合。

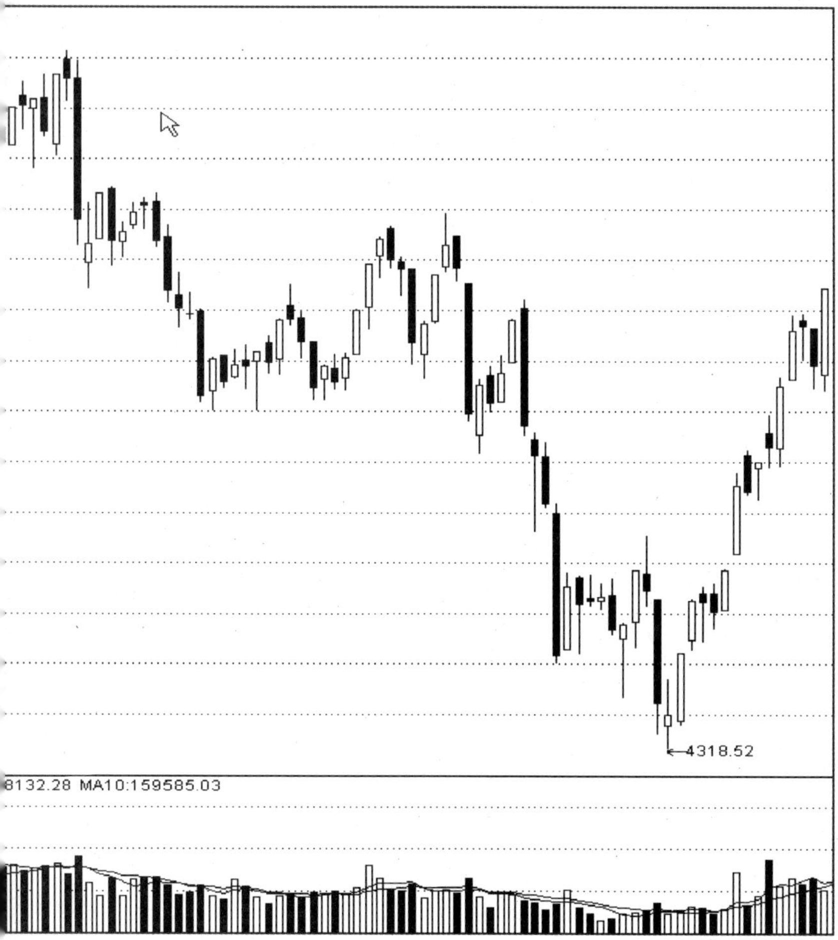

4318.52
8132.28 MA10:159585.03

图 2－24

阅读心得

(19) 2001 年 2 月 22 日深成指见底后展开一轮上攻，攻到最高点 5091 点用了 39 个交易日，和我们的时间周期 34 天误差了 5 个交易日。

图 2—25

(20) 2001 年 6 月 14 日，沪市指数从 2245 点开始下跌，运行至 2001 年 10 月 22 日的 1514 点，时间上正好是 89 个交易日。

图 2—26

(21) 2001 年 10 月 22 日，沪市指数从 1514 点开始反弹，运行至 2001 年 12 月 5 日的 1776 点，时间上是 32 个交易日。而从第 34 个交易日正式开始下跌。

循

环

理

论

图 2－27

（22）2001 年 12 月 5 日，沪市指数从 1776 点开始下跌，运行到 2002 年 1 月 23 日的 1345 点，时间上正好是 34 个交易日。

图 2—28

（23）2002年1月23日，大盘从1345点开始反弹，运行到2002年3月21日的1693点，正好运行了34个交易日。

图 2—29

(24) 2001 年 6 月 14 日，上证指数从 2245 点开始下跌，运行到 2003 年 1 月 6 日的 1311 点，总共运行了 377 个交易日，这个时间周期引发了一轮 300 多点的跨年度的反攻行情。

图 2－30

（25）2003 年 4 月 17 日，上证指数从 1649 点开始下跌，运行到 2004 年 11 月 18 日，大盘总共运行了 144 个交易日，之后便激发了一轮近 5 个月的跨年度的行情。

图 2－31

（26）大盘从 2003 年 11 月 19 日展开一轮跨年度的反攻行情，运行到 2004 年的 4 月 7 日的 1783 点见顶，只运行了 92 个交易日，和我们的时间窗口 89 天误差了 3 天。

图 2-32

（27）2004年9月24日大盘从反弹的高点1496.21点开始回落，大盘在2005年2月1日创下了阶段性低点，共运行到87个交易日，和我们的时间窗口89天误差了2天。

图 2—33

（28）大盘从 2005 年 3 月 9 日的阶段性高点开始回落，运行到最低点 2005 年的 6 月 6 日的 998 点，运行了 58 个交易日，和我们的时间窗口 55 天误差只有 3 天。

48.06

←998.23

图 2-34

（29）大盘从 2001 年的历史最高点运行到 2005 年 7 月 18 日 1012 点的第二个低点，正好运行了 987 天，和我们的时间周期中的 987 正好吻合。这次是历史上最长的一次周期共振。从后期走势我们可以看到共振出一个超级大牛市。

图 2-35

（30）2005 年 12 月 6 日大盘从 1074 点见底反攻，在2006 年的 3 月 2 日的 1308 点见顶回落运行周期正好是 54 个交易日，和我们的时间窗口 55 天误差只有一天，而且同上次主升浪的时间基本吻合。

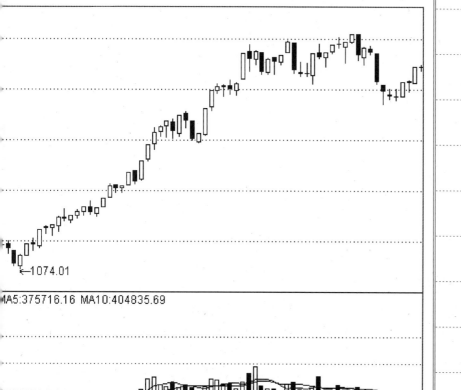

←1074.01

MA5:375716.16 MA10:404835.69

图 2—36

（31）大盘从 2006 年 3 月 13 日见底反攻展开第二轮反攻，运行 2006 年的 6 月 2 日的阶段性高点 1695 点，，正好运行了 55 个交易日，和我们的时间窗口中的 55 天完全吻合。

图 2－37

（32）大盘从2007年的3月6日开始反攻，运行到2007的5月29日的最高点，运行了56个交易日，和我们时间窗口中的55天误差只有1天。和上一轮大盘的上攻时间基本相等。

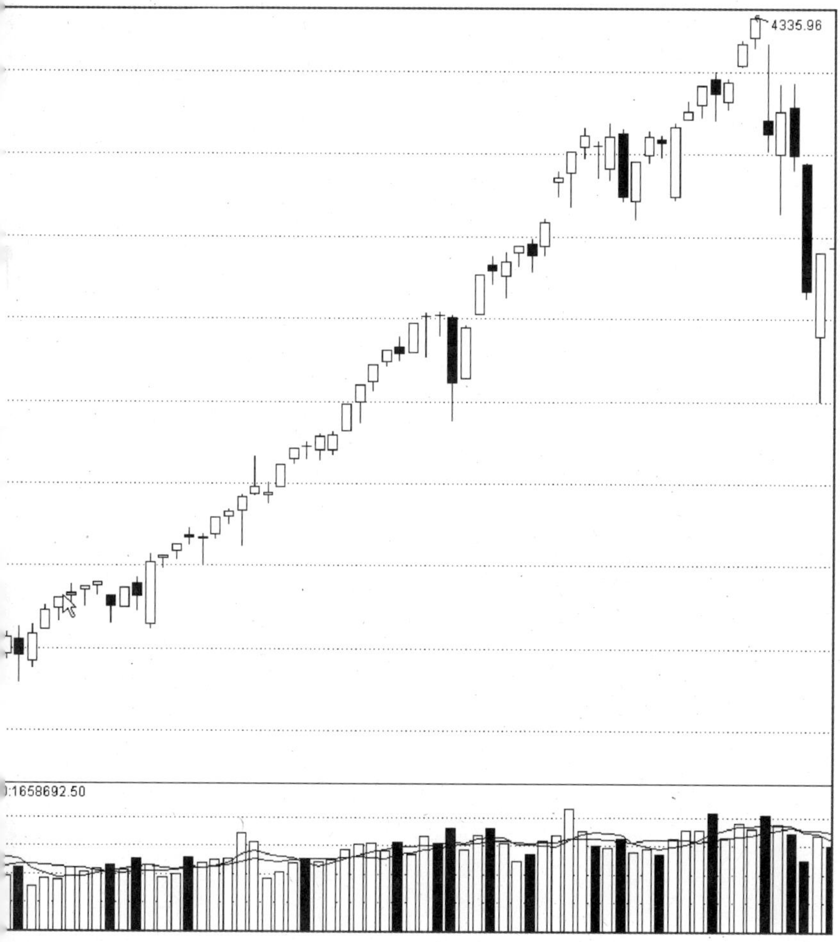

图2－38

阅读心得

（33）深成指从 2007 年的 2 月 6 日见底反攻，运行到阶段性高点 2007 年 6 月 20 日，正好运行了 88 个交易日，和我们时间窗口中的 89 天误差只有 1 天。

图 2-39

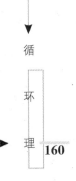

第三节 时间周期的确认

从前面的案例分析中可以看出中国股市周期性极强，这也为我们提供了预测时间的方法，让我们在反转日的把握上更上一层楼，提前对行情的周期预测，使操作不再盲目，不再盲目猜测底部在何时出现我们从时间循环的数学基础可以看出，一轮行情中，可能会遇到很多时间窗口，每一个时间窗口都有可能出现短期的异动，但是并不一定会发生真正的反转。究竟在哪个时间窗口会产生真正的反转行情呢？我们还需要其他的理论对每一个时间窗口来进行验证，进而判断是否真正的反转日。可以从以下几个方面来进行确认。

1. 如何用技术形态确认时间窗口

一个时间窗口出现后，还需要通过其他技术手段来预测其性质和力度。除了利用空间循环理论去预测外，运用股价的技术形态也是一个不错的选择。股价形态的形成需要一个过程，时间窗口可能出现在形态之前、形态之中和形态之后。时间窗口往往出现在三角形、V形反转等形态之前；出现在头肩底（顶），三重底（顶）等形态之中；出现在楔形、三重底（顶）、双重底（顶）等形态之后。

在时间窗口来临前，在股价的技术形态上往往已初露端倪。股市有句格言："多头不死，跌势不止；空头不死，涨死不止。"表现在股价上，每一轮跌势行情的最后，往往会出现最后的疯狂，时间窗口往往就出现在行情的最后疯狂的最后。疯狂之后并不是马上形成一轮反转行情，往往运行一段时间进行蓄势，在蓄势期间就会形成一个反转形态。例如：2001年12月5日，沪市指数从1776点开始下跌，运行到2002年1月23日的1345点，时间上正好是34个交易日，然后大盘构筑了一个双底形态；2002年1月23日，大盘从1345点开始反弹，运行到2002年3月21日的1693点，正好运行了34个交易日，然后大盘形成了一个三角形。

时间周期出现前，大盘在图形上都会出现了反转形态的雏形。虽然这种雏形并不能用来预测未来大盘的方向，但是，如果时间窗口出现在形态之中，这个形态的可靠性也会大大增加。同时，如果形态形成之后正如我们预想，这种形态和时间窗口共同作用就可能产生共振，增加时间窗口变盘的力度，激发一轮反转行情。

2. 如何用单日反转来确认时间窗口

单日反转（在底部，开盘后，股价创出新低，但是收盘高于前一个交易日的最高价；在顶部的情形与之相反）在一轮行情中可能会出现很多次。单日反转并不体表行情会出现反转，很多情况下，它只代表行情出现短暂的休整。因此单独利用单日反转的意义并不大，但是如果和时间窗口结合起来使用，效果交替将会十分明显。

一般情况下，时间窗口出现时，股价都会产生剧烈的波动。这种波动越强烈，时间窗口所激发的行情就越大。股价在时间窗口产生剧烈波动时往往以单日反转的形式出现。单日反转的成交量和力度对预测时间周期所激发的行情具有重要意义，如果在时间窗口出现单日反转的大阳线，往往就预示着这个时间窗口将会激发一轮反转行情。例如：2001 年 12 月 5 日，沪市指数从 1776 点开始下跌，运行到 2002 年 1 月 23 日的 1345 点，时间上正好是在第 34 个交易日出现了一根单日反转的大阳线，然后大盘就展开了一轮中级反转行情。

3. 如何用空间循环来确认时间窗口

利用空间循环我们可以预测现有趋势运行到什么点位可能出现反转，但是并不能把握行情在什么时间会反转。很多情况下，如果趋势运行完成空间目标位，可能在空间循环中出现很多时间窗口。如果大盘空间循环并没有完成，时间窗口的出现只代表大盘要进行震荡整理，为下轮行情进行蓄势整理。所以，当时间窗口出现时，我们一定要参考空间目标是否已达到，让时间循环和空间循环互相验证。如果一个时间窗口正好发生在一轮行情空间循环的目标位处，我们就可以确认这个时间窗口的意义将明显增强，将展开一轮十分猛烈的反转行情。

上证综指从 2001 年 6 月 14 日从 2245 点下跌，运行到 2001 年 10 月 22 日的 1514 点，时间上正好是 89 个交易日的重要时间窗口；同时，我们可以利用空间循环测算出此轮大盘调整的目标位，也就是回调的 0.382 位正好在 1510 点。所以行情出现了目标位和时间窗口的完美结合，然后大盘就出现了一轮中级反弹行情。

4. 如何用逆反指数来确认时间窗口

美国股市有一句格言："市场一定会用尽一切办法来证明大多数人是错的。"无数的事实证明的确如此。因此，我依此创立了逆反指数，在实际操作取得超乎想象效果。我们在逆反指数一节中说过，单独运用反转指数，就可以准确地把握95％以上的反转行情，如果再运用逆反指数验证时间窗口，两者达到一致，预测行情的准确率就会更高。所以逆反指数是验证时间窗口方面最具参考价值的一个指标。

如果时间窗口出现，同时逆反指数也出现反转指数，那么这个时间窗口就可能激发一轮反转行情。例如：2001年6月14日，上证指数从2245点开始下跌，运行到2003年1月6日就出现了一个较大的时间窗口，显示大盘有即将变盘；同时，大盘在1月3日的逆反指数的看跌指数达到82％，预示着行情将出现反转，在时间窗口和逆反指数共同作用下，大盘从2003年1月6日展开反攻，引发了一轮300多点的跨年度的反攻行情。

5. 如何运用技术指标来确认时间窗口

技术指标虽然可以单独使用，但是技术指标单独使用时，很容易频繁地买卖信号，准确性不够高，且不能给出具体的买进价位和买进时间。我们运用空间循环、空间循环和技术可以预测出具体价位和时间，如果将时间循环、空间窗口出现时，如果各种技术指标同时发出了卖出或买进信号，这个时候就可以果断采取行动了。

不同技术指标有不同的用法，但是指标背离是各种技术分析指标最具有价值的用法，特别RSI和MACD最值得我们支参考。例如：2001年12月5日，沪市指数从1776点开始下跌，运行到2002年1月23日的1345点，时间上正好是34个交易日，然后大盘运行中，技术指标RSI同时出现了底部背离，大盘随后便展开了一轮强势的行情。

　　总之，如果一个重要的时间窗口到来之际，我们不能主观断定是什么级别的行情。通过其他方面验证，才能进一步断定未来行情的发展级别。时间周期：我们从数列可以看出一个周期的到来前，已出现过很多小的周期，如何确认哪个周期是真正的反转日，这个至关重要。

　　股市中没有百分之百准确的技术分析工具。因此，我们运用时间周期时也可能犯下错误，但是即使出现失误也不可怕，可以利用四大法则中的严格止损法则来防范。如何将失误带来的损失降到最低呢？时间窗口出现后就预示着新趋势将要来临，如果未来行情跌破时间窗口创出最低价，则证明这个时间窗口是无效的。一个更大的循环又将展开，我们要果断地将手中的股票进行了结。

第三章

思维循环

我在前两部分中详细论述了时间循环和空间循环，全面地讲解了如何通过空间循环预测未来行情的目标位，帮助我们预测趋势在什么点位会出现反转，如何通过时间循环来预测趋势在何时能够反转。但是经验告诉我们，正确的预测行情并不一定就能操作成功，真正要想在实际操作中取得理想的收益，还要有正确的操作思维配合。时间循环和空间循环通过对当前行情进行客观分析以预测未来行情，它们着重把握的是未来。思维循环则是在成功预测行情的基础上，帮助我们把握现在。思维循环是自我心态的一种调整，具有很大的可变性。如果不能有效地调整思维，即使我们对行情分析判断的效果，操作的不理想又会反过来影响我们对未来行情的分析判断，形成恶性循环。

操作不同的行情，要运用不同的思维方式。如果以牛市思维来操作熊市行情，必然会惨遭套牢，损失惨重；如果以熊市操作思维来操作牛市行情，肯定会因患得患失而坐失良机。因此，根据不同的行情调整自己的思维，采取适合当前行情的操作思维，也是操作成功的重要环节。

我们在这里所说的思维循环其实是一种投资思维跟随行情周期的不同而不断变换的过程。思维循环自身没有规律，它的规律只是跟随时间循环和空间循环变化。因此我们只介绍在不同的循环周期中所应具有的投资思维。

我们知道行情无论如何变化，在大的趋势上只有牛市和熊市之分，因此思维循环也就只有牛市操作思维和熊市操作思维之分。

第一节　牛市操作思维

一个真正的牛市也不会一帆风顺，往往是一波三折的，具体会经历逆转期、恢复期、背离期三个阶段。不同阶段的行情具有不同的特点，我们所要采用的投资理念都不同，因此对于牛市中不同的阶段也应采取不同的操作思维。

1. 牛市逆转期操作思维

牛市逆转期也就是牛市的初期。经历漫长的熊市行情，大部分投资者对未来行情失去信心，只有一部分先知先觉的投资者才能认清后市的方向。由于投资者对后市存在很大的分歧，导致行情震荡较为剧烈，其修正波有时会逼近甚至创下新低，操作风险相对仍然较大，不确定性仍然存在。

操作思维：要逐步改变熊市操作思维和理念，树立牛市的操作思维。因为经历了漫长的下跌，很多个股的价值被严重地低估，一些先知先觉的投资者为了能买到廉价的筹码，往往会采取拉高吸货的方式。因此一些大牛股往往这时开始夺栏而出，引领后市行情的市场热点往往已开始拉升。同时，一些投资者并不认为熊市已结束，牛市已来临，加些很多个股仍然会在搜集中创下新低。这个时期机会和风险共存。由于处在一个大转折来临之际，故要树立"调整持仓结构，追击市场热点"的投资理念。

2. 牛市恢复期操作思维

恢复期也就是牛市的中期，也就是一轮牛市主升浪。经历了第一轮的上攻后，各路市场主力已陆续建仓完毕，赚钱效应吸引了场外资金不断地涌入，前期踏空的投资者也开始后悔前期没有入市。因此每一次下跌都会吸引大量资金逢低吸纳，投资者对后市行情形成了一种共识，这种状况下很难出现大的调整。这个时期是牛市情中最稳健的时期，个股行情也是精彩纷呈、百花齐放的一个时期，很多黑马股将脱颖而出。

操作思维：这个时期是最容易赚钱的时期，往往具有成交量大、持续性强、难逆转性等特点。这个时期操作上要"见风驶尽帆"，让利润尽量扩大。因此在操作上，要树立"调整持仓结构，跟踪强势股"的理念。

3. 牛市背离期操作思维

牛市背离期也就是牛市行情的末期。经过两轮强势上攻行情以后，市场人气达到了空前的高涨，但是股价在这个时期已被严重地高估，而且市场存在着巨大的获利盘，

第三章　思维循环

一旦有风吹草动，这些获利盘就可能蜂拥而出。因此这个时期操作风险明显增加。但是这个时期的利好消息往往冲刺最多，很多前期朦胧的得好将在这个时期被兑现，投资者容易被表面的假现象所迷惑。热点板块在这个时期被兑现，投资者容易被表面的假现象所迷惑。热点板块在这个时期已没有往日雄风，很多热点板块个股已在构筑头部。相反，一些垃圾股开始展开补涨行情。

操作思维：进入行情的最后阶段，连续大幅上攻的个股行情已变得越来越少，很多个股行情都昙花一现，操作上很容易出现"坐电梯"现象。因此要树立"短线操作，落袋为安"的投资理念。

熊市操作思维

和牛市一样，熊市同样具有逆转期、恢复期和背离期，每个时期行情特点不同，我们所要采取的投资理念、操作手法和管理方式也不同。在牛市中，我们的首要任务是尽量扩大利润，在熊市中我们的主要任务是要在防范风险基础上力争获利。

1. 熊市逆转期操作思维

逆转期也就是熊市的初期。因为长期的牛市存在，很多投资存在多头情结，因此虽然股价已高高在上，但是行情很难在短期内出现大幅度的暴跌。即使出现大幅度的下跌，大多数情况下也被重新拉起，出现所谓的逃命线。一部分个股依然存在着机会，但是大部分的个股已明显见顶回落，一部分个股已开始步入漫漫通途。这个时期操作难度明显增加。

操作思维：要改变原来的牛市操作思维，尽快树立熊市操作思维。因为牛市中激进的操作手法用在熊市中很容易蒙受损失。经历了长期的上涨，很多个股的价值被严重地高估，一些先知先觉的投资者已开始离场，一些前期大牛股已开始大幅度下挫。同时，一部分投资者并不认为熊市已来临，因此很多个股仍然会创下新高。这个时期虽然存在巨大风险，但是也存在一定的机会，风险集中在前期涨幅过大的一些个股，机会多是一些个的补涨行情。所以要树立"坚决回避涨幅过大的个股，挖掘有补涨潜力的个股"的投资理念。

2. 熊市恢复期操作思维

恢复期就是熊市的中期，是股市中最难操作的一个时期。这个时期大家对熊市形成了一种共识，场内资金不断地撤离，往往会出现单边下跌局面，板块会轮番出现杀跌，投资机会很少。即使有机会，也往往都是一些爆发性的利多消息带来的个股行情，可操作性极差。

操作思维：这个时期操作难度极大，可操作性极差。一些强势股也有随时补跌的可能，下降通道中的个股有可能加速下跌，因此要树立"少动多看"的投资理念。

3. 熊市的背离期操作思维

熊市的背离期也就是熊市的最后阶段。这个时期投资者往往会对市场失去信心，很多投资者的心态处在崩溃的边缘，往往出现的局面，很多个股会大幅地暴跌。这个时期的风险仍然十分的巨大，但是很多有潜力的个股已悄然走强，或者在盘出底部，中长线建仓的机会已悄然来临。

操作思维：经过长期大幅的下跌，很多个股已具有明显的投资价值，虽然没赚取太多利润，但是这个阶段却是建仓的良机。我们要从长远的角度看待，这个阶段可以少操作，但是却要选好股票为即将来临的牛市做好准备。因此要树立"少动多看"的投资理念。

第二节 操作手法循环

前面详细论述了时间循环和空间循环和思维循环，全面地讲解了如何通过空间循环预测未来行情的目标位，帮助我们预测趋势在什么点位会出现反转，如何通过时间循环来预测趋势在何时能够反转，如何通过思维循环决定在行情的不同阶段我们应该采取的什么样的操作思维。事实

第三章　思维循环

证明，一个成功的投资者撑握这些还不够，还要懂得在行情的不同阶段采取什么样的操作手法。

针对不同的行情，要采用不同的操作手法。如果以牛市操作手法来操作熊市行情，必然会惨遭套牢，损失惨重；如果以熊市操作手法来操作牛市行情，肯定会因患得患失而坐失良机。因此，根据不同的行情调整自己的操作手法，采取适合当前行情的操作手法，也是操作成功的重要环节。

我们知道行情无论如何变化，在大的趋势上只有牛市和熊市之分，因此操作手法也就只有牛市操作手法和熊市操作手法之分。

牛市操作手法

一个真正的牛市也不会一帆风顺，往往是一波三折的，具体会经历逆转期、恢复期、背离期三个阶段。不同阶段的行情具有不同的特点，我们所要采用的操作手法都不同，因此对于牛市中不同的阶段也应采取不同的操作手法。

1. 牛市逆转期操作手法

牛市逆转期也就是牛市的初期。经历漫长的熊市行情，大部分投资者对未来行情失去信心，只有一部分先知先觉的投资者才能认清后市的方向。由于投资者对后市存在很大的分歧，导致行情震荡较为剧烈，其修正波有时会逼近甚至创下新低，操作风险相对仍然较大，不确定性仍然存在。

操作手法上：这个时期仍然存在一定的不确定性，赚钱效应并不明显。很多场外增量资金并没有入市，市场的做多者主要是一对市场充分研究的实力机构，个股行情集中在市场热点，一些严重超跌的潜力股和前期主力介入后被套的个股上面。因此热点板块、超跌行情和拉高自救行情是这个时期行情的主要特点。操作手法上要以"波段操作"为主。

2. 牛市恢复期操作手法

恢复期也就是牛市的中期，也就是一轮牛市主升浪。经历了第一轮的上攻后，各路市场主力已陆续建仓完毕，赚钱效应吸引了场外资金不断地涌入，前期踏空的投资者也开始后悔前期没有入市。因此每一次下跌都会吸引大量资金逢低吸纳，投资者对后市行情形成了一种共识，这种状况下很难出现大的调整。这个时期是牛市情中最稳健的时期，个股行情也是精彩纷呈、百花齐放的一个时期，很多黑马股将脱颖而出。

操作手法上：稳定性是恢复期行情最大的特点。行情之所以稳定主要原因就是板块行情的轮动，因此，我们在操作中必须做到"坚决捂股，长线持有"。

3. 牛市背离期操作手法

牛市背离期也就是牛市行情的末期。经过两轮强势上攻行情以后，市场人气达到了空前的高涨，但是股价在这个时期已被严重地高估，而且市场存在着巨大的获利盘，一旦有风吹草动，这些获利盘就可能蜂拥而出。因此这个时期操作风险明显增加。但是这个时期的利好消息往往冲刺最多，很多前期朦胧的得好将在这个时期被兑现，投资者容易被表面的假现象所迷惑。热点板块在这个时期被兑现，投资者容易被表面的假现象所迷惑。热点板块在这个时期已没有往日雄风，很多热点板块个股已在构筑头部。相反，一些垃圾股开始展开补涨行情。

操作手法方面：经历市场充分的挖掘，所谓的好股票已高高在上，垃圾股的补涨行情也难当大任，整个市场的价值被严重高估，很多具有良好成长性的个股也出现透支现象，投资风险逐步提高，防范风险变得十分重要。因此"短线出击，严格止损"的法则一定要严格执行。

熊市操作手法

和牛市一样，熊市同样具有逆转期、恢复期和背离期，每个时期行情特点不同，我们所要采取的投资理念、操作手法和管理方式也不同。在牛市中，我们的首要任务是尽量扩大利润，在熊市中我们的主要任务是要在防范风险基础上力争获利。

1. 熊市逆转期操作手法

逆转期也就是熊市的初期。因为长期的牛市存在，很多投资存在多头情结，因此虽然股价已高高在上，但是行情很难在短期内出现大幅度的暴跌。即使出现大幅度的下跌，大多数情况下也被重新拉起，出现所谓的逃命线。一部分个股依然存在着机会，但是大部分的个股已明显见顶回落，一部分个股已开始步入漫漫通途。这个时期操作难度明显增加。

操作手法方面：虽然已步入熊市，但是只有少数先知先觉的投资者才会认识熊市已来临，仍有很多市场主力并不认可熊市。因此市场仍然会有一定的个股机会，短线行情仍然十分可观，但是这短线行情往往是"过山车"行情，因此以"短线为主，快进快出"的操作手法为最合适。

2. 熊市恢复期操作手法

恢复期就是熊市的中期，是股市中最难操作的一个时期。这个时期大家对熊市形成了一种共识，场内资金不断地撤离，往往会出现单边下跌局面，板块会轮番出现杀跌，投资机会很少。即使有机会，也往往都是一些爆发性的利多消息带来的个股行情，可操作性极差。

操作手法方面：这个时期的投资机会少可怜，即使存在一些机会，也会非常短暂，因此这个时期最好不要操作，如果要操作也要以小资金量"超短线为主"。

3. 熊市的背离期操作手法

熊市的背离期也就是熊市的最后阶段。这个时期投资者往往会对市场失去信心，很多投资者的心态处在崩溃的边缘，往往出现的局面，很多个股会大幅地暴跌。这个时期的风险仍然十分的巨大，但是很多有潜力的个股已悄然走强，或者在盘出底部，中长线建仓的机会已悄然来临。

操作手法方面：背市期虽然仍然具有很大风险，但是已存在一定的机会。因为这个时期操作性极差，因此操作上要为下轮行情做准备，以

"短线出击，长线建仓"的操作手法对待熊市背离期的行情。

第三节 资金管理循环

前面我们详细论述了时间循环、空间循环、思维循环和操作手法循环，全面地讲解了如何通过空间循环预测未来行情的目标位，帮助我们预测趋势在什么点位会出现反转，如何通过时间循环来预测趋势在何时能够反转，如何通过思维循环决定在行情的不同阶段我们应该采取的什么样的操作思维，如何通过操作手法循环决定在不同行情阶段我们该采用什么样的操作手法。如果能够运用好以上四大循环，肯定是个成功的投资者。但是如果我们在不同的行情阶段采用不同的资金管理方法，我们的投资将会变得完美。

我们知道行情无论如何变化，在大的趋势上只有牛市和熊市之分，因此资金管理方法也就只有牛市资金管理和熊市资金管理之分。

牛市资金管理

一个真正的牛市会经历逆转期、恢复期、背离期三个阶段。不同阶段的行情具有不同的特点，我们所要资金管理方式都不同，因此，对于牛市中不同的阶段也应采取不同的资金管理方法。

1. 牛市逆转期资金管理方法

牛市逆转期也就是牛市的初期。经历漫长的熊市行情，大部分投资者对未来行情失去信心，只有一部分先知先觉的投资者才能认清后市的方向。由于投资者对后市存在很大的分歧，导致行情震荡较为剧烈，其修正波有时会逼近甚至创下新低，操作风险相对仍然较大，不确定性仍然存在。

资金管理方面：这个时期虽然存在一定的风险，同时又是最好的建仓良机。因此要使仓位调到 50％～75％，并且随着赚钱仓位的增加而逐步调高仓位。

2. 牛市恢复期资金管理方法

恢复期也就是牛市的中期，也就是一轮牛市主升浪。经历了第一轮的上攻后，各路市场主力已陆续建仓完毕，赚钱效应吸引了场外资金不断地涌入，前期踏空的投资者也开始后悔前期没有入市。因此每一次下跌都会吸引大量资金逢低吸纳，投资者对后市行情形成了一种共识，这种状况下很难出现大的调整。这个时期是牛市情中最稳健的时期，个股行情也是精彩纷呈、百花齐放的一个时期，很多黑马股将脱颖而出。

资金管理方面：这个时期行情会稳健攀升，且是股市中最容易赚钱的一段。因此在资金管理上，要让资金充分发挥作用，要以重仓或者满仓为主，仓位基本控制在 75％～100％之间。

3. 牛市背离期资金管理方法

牛市背离期也就是牛市行情的末期。经过两轮强势上攻行情以后，市场人气达到了空前的高涨，但是股价在这个时期已被严重地高估，而且市场存在着巨大的获利盘，一旦有风吹草动，这些获利盘就可能蜂拥而出。因此这个时期操作风险明显增加。但是这个时期的利好消息往往冲刺最多，很多前期朦胧的得好将在这个时期被兑现，投资者容易被表面的假现象所迷惑。热点板块在这个时期被兑现，投资者容易被表面的假现象所迷惑。热点板块在这个时期已没有往日雄风，很多热点板块个股已在构筑头部。相反，一些垃圾股开始展开补涨行情。

资金管理方面：因为行情已存在重大的风险，很多个股随时会出现反转行情，因此要地仓位进行适当调低，最好控制在 50％左右。

熊市操作思维

和牛市一样，熊市同样具有逆转期、恢复期和背离期，每个时期行情特点不同，我们所要采取的投资理念、操作手法和管理方式也不同。在牛市中，我们的首要任务是尽量扩大利润，在熊市中我们的主要任务是要在防范风险基础上力争获利。

1. 熊市逆转期操作思维

逆转期也就是熊市的初期。因为长期的牛市存在，很多投资存在多头情结，因此虽然股价已高高在上，但是行情很难在短期内出现大幅度的暴跌。即使出现大幅度的下跌，大多数情况下也被重新拉起，出现所谓的逃命线。一部分个股依然存在着机会，但是大部分的个股已明显见顶回落，一部分个股已开始步入漫漫熊途。这个时期操作难度明显增加。

资金管理方面：只有在这个时期果断地将仓位调低，才能保住前期牛市的战果，所以应果断地将仓位调低，这个时期仓位应调到50%以下。

2. 熊市恢复期操作思维

恢复期就是熊市的中期，是股市中最难操作的一个时期。这个时期大家对熊市形成了一种共识，场内资金不断地撤离，往往会出现单边下跌局面，板块会轮番出现杀跌，投资机会很少。即使有机会，也往往都是一些爆发性的利多消息带来的个股行情，可操作性极差。

资金管理方面：这个阶段个股普跌，基本没有多少大机会，只是一些短线机会，这个阶段以空仓为主，最多30%仓位进行短线操作。

3. 熊市的背离期操作思维

熊市的背离期也就是熊市的最后阶段。这个时期投资者往往会对市场失去信心，很多投资者的心态处在崩溃的边缘，往往出现的局面，很多个股会大幅地暴跌。这个时

第三章　思维循环

期的风险仍然十分的巨大，但是很多有潜力的个股已悄然走强，或者在盘出底部，中长线建仓的机会已悄然来临。

资金管理方面：因为这个时期已存在一定的市场机会，如果我们原来的持股已出现获利，可以将仓位适当加大，可以由熊市恢复期的25%以下仓位调高至25%～50%，但是50%仓位仍然是一个最高警戒线。

第四节　成交量

从表面上说，成交量是价格运动背后的市场的强度和迫切性的体现，本质上则是价格运动的能量。交易量越大，则反映出市场的强度和压力越大，行情能量越充足，持续发展可能性越大。如果股市是人的生命，价格是生命的身体，成交量就是血液，是股市行情能量的传输工具，它在不停地为股市行情的发展提供着能量，让行情充满活力。在各种技术分析方法中，它都是重要的附属工具，既有举足轻重的地位。它有两种情况最有参考价值。

（一）交易量验证价格形态

在技术分析派常用的形态分析中，常会出现一些假形态，正确识别它们，都需要成交量作为重要的验证指标。例如：在头肩顶成立的预兆就是，在头部形成过程中，当价格冲到新高点时交易量较小，显示出量价背离，而后跌向颈线时交易量却较大。在双重顶和三重顶中，在价格上冲到每个后继的高点时，交易量都会相对减少，而在随后的回落中，成交量却较大。在持续形态的三角形成中，与之伴随的是成交量的逐渐减少。只有形态没有相应成交量的配合，那么这个形态的完结形成突破时，一定要伴随着较大的成交量出现，才能确认形态的有效性完全确立。如果一个形态得不到成交量的验证，那么这个形态就是一个值得我们怀疑的形态，如下图就是一个失败的例子，这个三重底形态突破之后成交量并不能有效的放大，因此后面就形成了一个失败的形态，不但没有反转，反而出现了更加快速的下跌走势。

图 3-1

　　如果价格形态得到成交量的验证，那么这个形态就非常的可靠，可以作出为我们投资的依据。如下图就是一个价格形态和成交量完美结合的案例。

图 3—2

　　在涨势中，上涨时成交量较大，并且呈现出温和放大，显示行情"血液循环"加快，行情发展能量能够得到有效补充；而价格回落时成交量则

　　出现萎缩，说明市场在下跌时出现惜售心理，持续下跌的能量不能维持，上涨的趋势也将会持续发展。相反，在下降趋势中，当价格下跌中，成交量出现温和放大，而在反弹时成交量则出现萎缩，说明市场的卖压大

于市场买气，趋势仍将会出现持续。

（二）成交量领先价格

在对价格和成交量的对照研究中，我们可以发现在很多情况下，不是成交量在附和价格，而是提前于价格发生微妙的变化，最终引导价格出现变化。在上涨行情中成交量反应出来的压力过大，在下跌趋势中体现出来的下跌动力不足，都是未来价格反转的先行指标。其具体领先于价格，具有价格发现功能。在以下几个时候特别要引起关注：

1. 量价背离

一个人血压要正常，无论是高血压还是低血压都是病态表现。同样表现在行情上就是在行情发展中，成交量维持在一个均衡的水平，出现不协调现象时就要出问题。首先行情上涨时，就好像在做运动的人一样，其心跳要加快，以便能够及时补充所消耗的大量能量，不能为行情的发展提供足够的能量。具体表现为行情连续创高点但成交量却越来越小，这就预示着行情要反转。当然这样的信号只能是一种参考性信号，它需要价格来确认，而不能作为操作的依据。量价背离一般用于上升行情中，而在下跌行情中则不适用。下跌行情对量的要求不高，有时根本不需要成交量的配合。量价背离如果出现在形态的构造过程中，那么这个形态就会出现错误。量价背离在实际应用中有二种情况，第一是顶背离，第二是底背离。

第一，顶背离。当行情经过长期的拉升后，股价虽然创下新高，但成交量却不能有效放大，这种情况会导致很多获利盘没办法消化，一旦行情出现风吹草动，这些获利盘就会争相出逃，股价就会快速下跌，如下图：

循

环

理 **180**

论

图 3-3

第二，底背离，当行情经过长期的下跌之后，股价虽然创下新低，但成交量却出现萎缩，就出现了所底背离，这时候的成交量就提醒我们反弹可能随进要来。如下图：

2.08 MA5:122767.64 MA10:123040.41

图 3－4

2. 天量产生天价

　　天量之所以产生天价，是因为能量释放过大，股价再涨没有持续的能量来补充。这种情况具体表现为成交量突然放大为前期成交平均数的几倍，使行情能量一次性释放，使上涨乏力。在牛市中，大约有 95％ 的行情终结都会出现这种情况，但是它有一个前提，那就是行情已出现连续上扬，天量是能量释放过程的终点站。还有一种天量不产生天价的现象，当行情处于起动阶段，那就是在形态突破后的能量，这时可能会出现异常的成交量。但这却不是一个能量释放过大的表现，而是恰恰相反，它是为以后的行情聚集更大的能量。在这个天量之后，不是股价的回落，却是股价的大幅上扬。对于这种情况我们要在实际操作中有一个明确的认识：一个是行情的终点，一个是行情的起点，切不可相提并论。

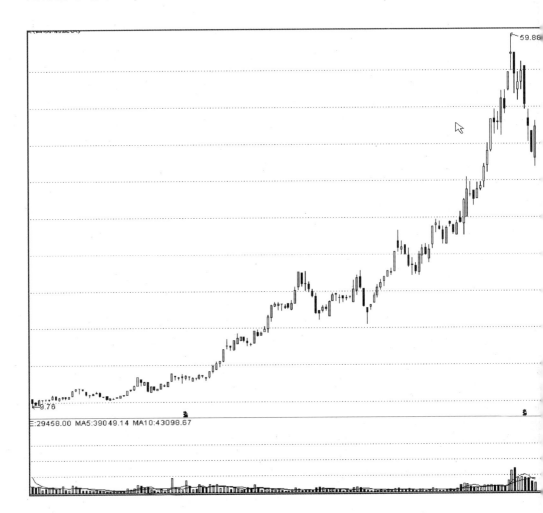

图 3-5

3. 地量产生低价

在实际应用中有三种情况值得我们注意：

第一，真正的地量。出现了地量相当于一个人已经呼吸微弱，接近休克，这时和死亡只差一步之遥。表现在行情上就是股价已跌无可跌，但是值得一提的是这种休克状态就像是一个植物人，虽然逆转大势已定，但是其可能长期处于盘整状态。如果成交量在这个时候出现恢复性的放大，则股价就会出现逆转。

图 3－6

第三章　思维循环

第二，要小心你要看到的地量还会有地量，下面是上证综指2003年下跌过程中的走势，大家可以看到，他的成交量总是不断的萎缩，地量之后还有地量，不要认为地量就是最小的成交量，地量是不能再萎缩的成交量。

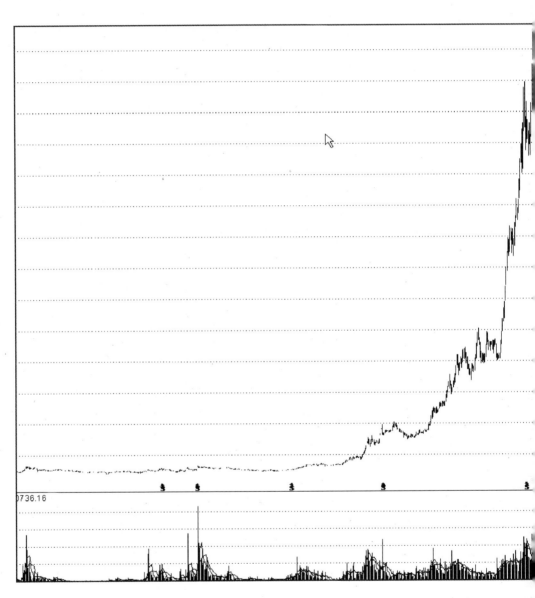

0736.16

图 3-7

第三，因为特殊情况导致的地量。就是股价处于跌停板时也可能没有成交量，这时切不可当作是地量出现，它是下跌能量没有办法释放的一种体现，其后市将会出现更猛烈的下跌。下面是银广夏当年因造假查出股价崩盘的走势，它在下跌过程中出现了成交量的极度萎缩，大家要区分这是没办法成交造成的成交量萎缩，这种情况下的地量千万不要去抢反弹。

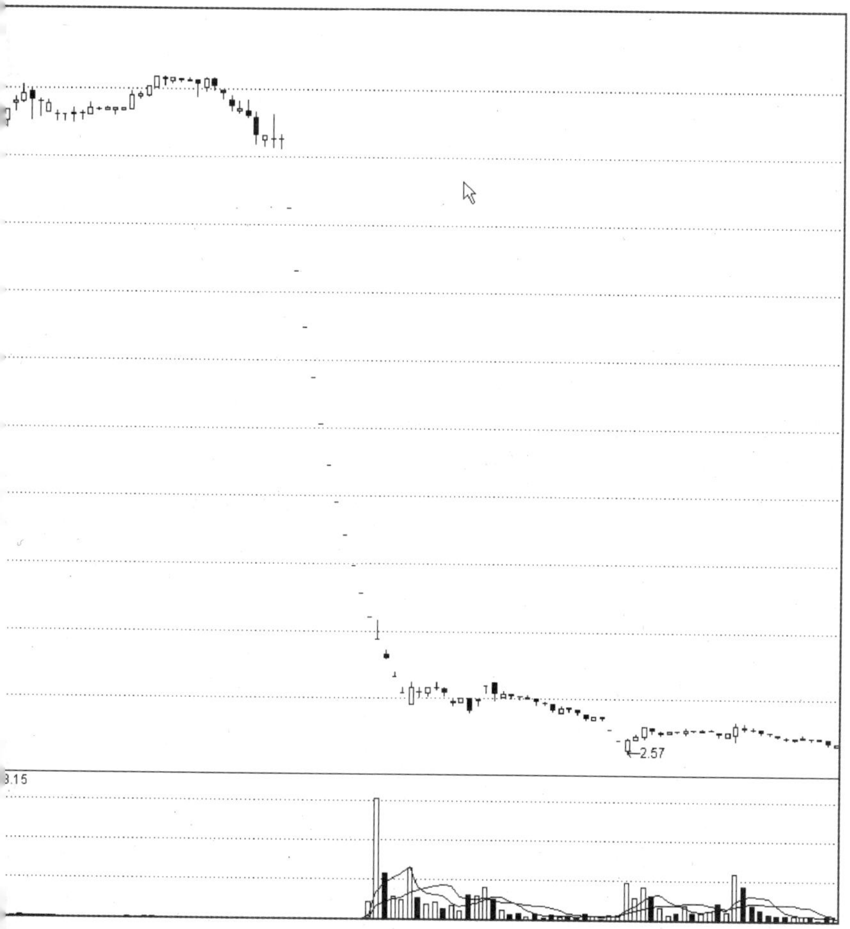

图 3-8

4. 有量无价

有量无价的情况在实际应用中有两种情况发生：

第一，当股价在低位时，成交量出现连续放大，但是股价却涨幅很小。这时候很多投资者认为是底部放量，是介入的好时候。其实不然，这种情况大部分是主力自弹自唱的结果，如果跟进的人较多就是出现小幅上扬，而后大多会出现大幅下跌；而如果跟进较少，后市则会逆转而下。

循

环

理

论

图 3-9

第二，当股价达到一定的高位后，成交量依然保持很高的换手率，但这时股价的涨幅却明显跟不上成交量放大的幅度，这就是平时我们所说的放量滞涨的情况，这种信号一般是个危险的信号，往往会出现调整的走势。如下图：

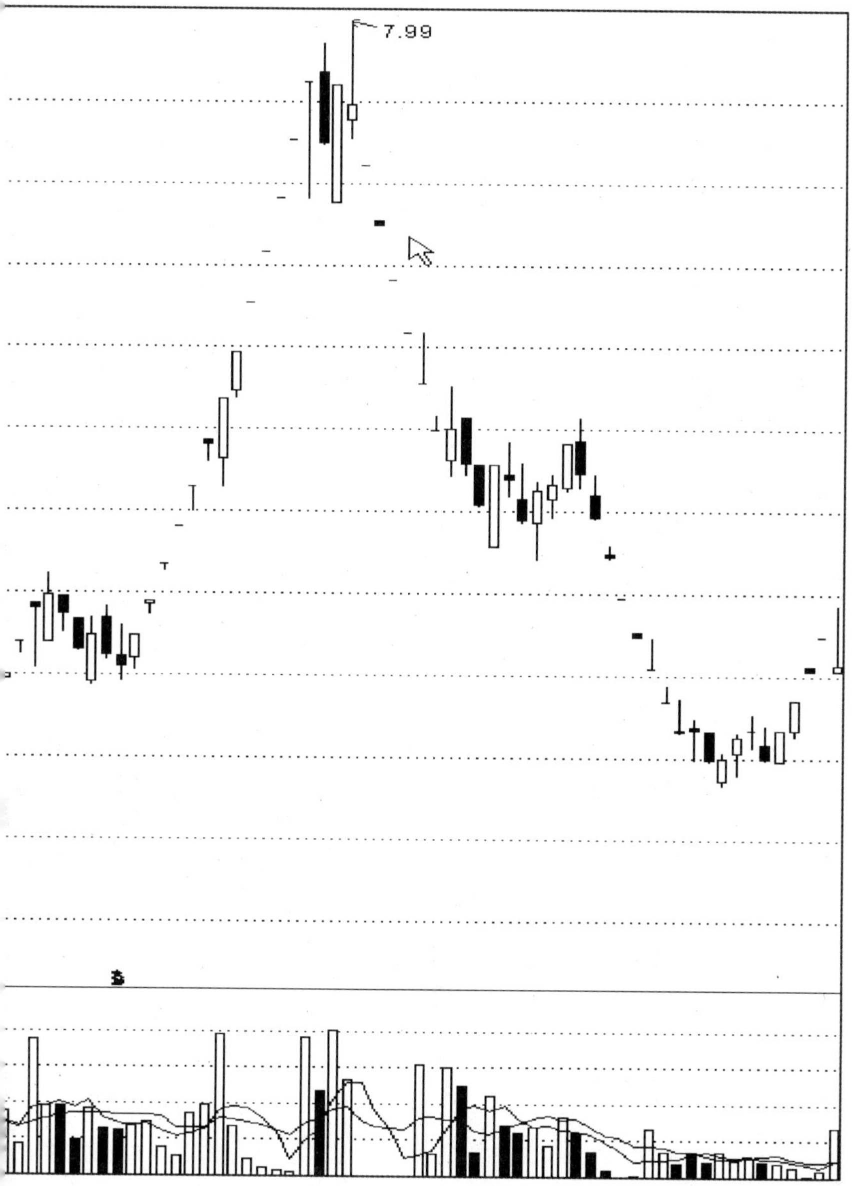

图 3－10

阅读心得

四、无量有价，首先声明一下，不要曲解了无量的含义，这里所说的无量是相对的，不是没有，是相对较小。无量有价的情况在实际应用主要有三种情况。

第一种情况出现在行情的顶部，它有两个前提，第一，成交量大幅度的萎缩，但是价格确在继续上升；第二，前期股价已大幅度的拉升，积累的丰厚的获利盘。这种情况可以当见顶信号用。广电电子（600602）的走势就是这种情况，如下图：

图 3—11

第二种情况，是受利好刺激产生的大幅度拉升行情，由于追涨者太多，加上涨跌停板制度导致成交量大幅度萎缩。这类个股一般在第一次打开涨停后，经过一段休整还会有第二轮上攻行情。

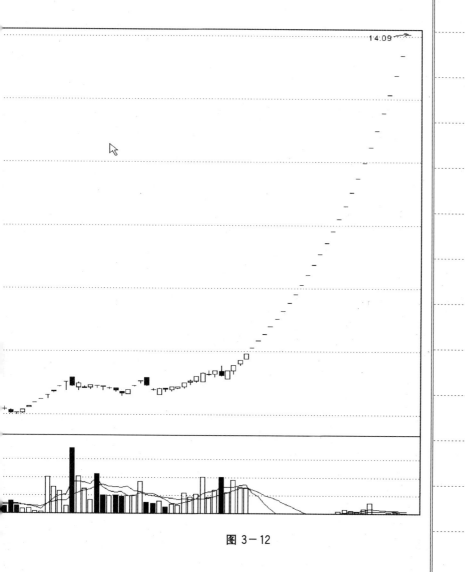

图 3-12

第三种情况出现在底部，主力不断的进行筹码的收集，股价在底部经过一段时间的震荡整理后，筹码已非常集中，当进入主升浪后，成交量反而出现萎缩的情况，这种情形的个股可以果断的持有。黔源电力（002039）的走势就是这种情况。如下图：

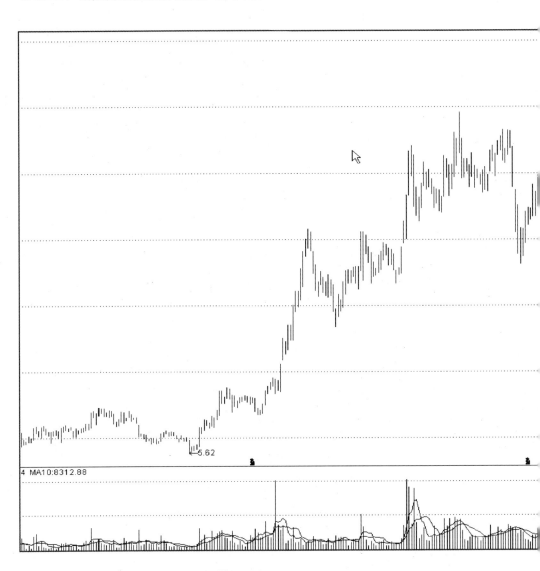

图 3－13

总之，价和量如影随形，量价背离，反转在即；有量无价，不能长久。在分析行情时要透彻地对成交量进行剖析，我们就能把握市场脉搏，增加胜算的几率。把成交量和其他技术指标结合起来使用，会得到相得益彰的效果。

第五节　资金管理

好的将军打胜仗靠的是用兵得当，而每一个投资者就是一个将军，我们手中的资金就是我们的军队，怎么用好它，对我们能否打胜仗至关重要。很多投资者重视技术分析的重要性，却忽视了资金管理的重要性。我在对投资者业绩研究的过程中，惊讶地发现资金账户的大小、投资组合的搭配以及在每笔交易中所使用资金的配置等等诸如此类的问题，竟然是影响最终业绩的一个重要因素，有时也是一次操作成功和失败的重要因素。

毋庸置疑，资金管理是股市成功运作中必不可少的一个方面，但是在我们这个行业中，到处是顾问公司、咨询公司，喋喋不休的指点客户买卖什么股，何时去买，但是却没有人告诉我们在每笔交易中应当注入多少资金；各种理论对此也少有问津。各种市场人士对资金管理的漠不关心使得资金管理成了一个被投资者遗忘的角落。

现在也有些人认为，在交易系统中，资金管理的重要性已超过了交易方法本身。我想资金管理在具体操作中有举足轻重的地位，可以使我们的操作方法增色不少。科学的资金管理方法不仅能够增加投资效益而且可以起到回避风险的作用。在多年实践经验的基础上，笔者总结出一套简明、有效、可操作性强的资金管理办法。

行情有牛熊之分，在牛市和熊市操作方式和风险控制各有不同，因此相应地需要不同的资金管理方式来辅助。下面两种方法就是我们在操作中常用的资金管理模式：

首先，在牛市中，个股行情异彩纷呈，涨跌互现；但是大盘指数却是在不断上涨。也就是说：如果我们把股市中的每一只股票都买一点，那么结果肯定可以赚取指数并赚到钱。相反的，如果集中所有资金打个股，我们却不能保证所买的股票一定涨，这时投资就有一定风险存在，可能会因投资失误而导致赚指数却亏钱。因此，我们可以看出越是分散资金，风险会愈来愈小。所以，我们采用分散投资却可以回避这种风险，但是如果过于分散投资，只能取得和大盘同步的收益，而不可能取得超常收益，而且我们也没有那么多时间和精力去研究那么多股票。因此，分散投资又不能过犹不及，不能到处撒网，只能使相对而言。其次，在牛市中个股机会很多，要提高资金利用率，增加收益，就要在控制风险的情况下，重仓操作，甚至满仓操作。因此在牛市行情中操作的资金，我们在管理时，应该把握以下两个原则：第一，要分散，但是又不能太分散；第二，重仓操作。

"三带一法"就是我们在实际操作中，总结出的有效的牛市资金管理法。其具体做法就是：首先把资金平分为四份，用其中三分资金分别买入三只股票，留出一份资金作为机动使用，可以补仓，可以用作继续跟进，也可以另选股票介入。在"三带一法"运用中，我们可以省去了许多烦琐的管理程序，又能够使资金利用率达到最佳效果。这既体现了分散风险的原则，又不至于过犹不及，分散了投资者的精力，形成本末倒置的现象。同时由于留有机动资金，进可攻、退可守，孤注一掷在股市中无异于鱼游沸鼎。而且在三只股票的选择中要尽可能分散到不同的板块中，不要把鸡蛋放在一个篮子中，否则易造成一损俱损，一荣俱荣，对风险的抵抗力将严重减弱。

假如现在有 100 万去投资，我们可拿出 25 万去买四川长虹、25 万去买深发展、25 万去买方正科技，剩余的 25 万我们就用作后备金，等着在正确的投资上加砝码。那么我们只要坚持四大法则，只要有一只股票是赚钱的就长线持有，假设另外两只是赔钱的，我们要建立止损思维，重新选股，那么我们的投资结果一定还是盈利的。

其次，在熊市中，因为大盘在下跌，如果我们每只股票都买，结果肯定是亏钱，而且是越分越赔钱的风险越高。但是大盘却仍会出现少许的亮点，个股仍会存在机会。如果我们分析较透彻，善于把握，在大盘要反弹时介入一只股票，还是有机会赚钱的。因此在熊市中如果采用分散投资，其实不是在分散风险，而是在聚集风险。在熊市中操作时的资金管理要遵循以下两个原则，第一是要集中出击，第二要小资金出入。

因此在熊市中要采用集中投资的方法，即三取一集中操作法，就是要集中资金的 1/3 去做一只个股，而不再分散资金。如果这时对资金进行分散就极有可能和指数同步，可以想象和下跌的股指同步会有何战绩。而只有采用集中出击才会有机会把握个股机会，在弱市求得生存。但是因为是弱市，要把风险放到第一位，只能用 1/3 的仓位，而不能孤注一掷。

在实际操作中，很多投资者注重买，往往忽视了卖的重要性。出货也是资金管理的一个重要方面。实际上买卖才是一个完整的操作，买得再好，如果不会出货也是枉然。对于出货，我们采用目标位出货法和止损（包括止赢）点出货法，只要价位达到操作计划中的目标位或达到了止损位（止赢位）我们就要果断离场，有时采用其一进行操作，有时则可两者兼用。

我们这里没有平衡市，因为股市没有真正的平衡市，盘整行情只是牛市或者熊市的休整蓄势阶段。在牛市中的盘整行情，就按三带一分散法来管理资金；下跌市中的盘整市，则仍按弱市操作。

总之，资金管理同样要遵循"让利润充分增长，把亏损限于最小"的原则。在牛市中采用大部分投入，虽然是分散投资，但是却是全面出击，扩大战果，实现利润最大化；在弱市中却小量资金投入，以退为进，养精蓄锐，以待战机。

在前面我们分别讲了技术和资金管理在牛市和弱市的使用方法，如何把理论和实践衔接起来，把我们的资金管理方法配合技术分析融入到实际操作之中，才是我们最终的目的。

我们知道，在选择入市时机不外乎三个方法，第一是在突破之前预先入市，但是又有可能不突破；第二则是正当突破发生的时候入市，有时又会出现骗线；第三是等突破发生后市场出现反扑或者回调后入市，但是有时强势又会损失一大部分利润。这三种方法皆有弊端，如果选择其中之一又会导致集中承担风险，而大部分的投资者都是采用其中之一进行操作。由于这三种情况是按时间顺序出现的，因此在这里我们提出了循序渐进的买进办法。我们在操作中采用"三步走"的方法进行操作：首先，把投资一只个股的资金分为三份，针对上面所讲的行情的三种走势，分别采取分段介入的方法。这时如果我们的操作出现失误，风险可以降低到只有原来集中进货的 30％，使风险减少到最小。

资金管理融入技术分析，才能相得益彰。技术分析有了资金管理的配合，准确性和有效性将会大增，也只有技术分析才能给资金管理提供舞台。

第六节　操作计划

"胜兵先胜而后求战，败兵先战而后求胜。"股市胜似战场，因此我们同样要做到未雨绸缪。很多投资者买卖股票时随意性很大，或是凭自己一时的冲动，或是听别人"良言相劝"，就贸然买进和卖出，其技术分析和资金运用毫无科学性可言，赚钱机率可想而知。一个好的操作计划不但要考虑到可行性，而且还需"知其然，亦知其所以然"，还要考虑到其风险因素，防患于未然。总之，只有"知己知彼"，才能"百战百胜"。前面我们提供了四大法则、基本面分析法、各种技术分析法、资金管理等操作理念和方法，只有把这些东西有机结合在一起，才能发挥最大的效应。下面就是我们通过多年的操作实践总结出的一份较为全面的操作计划书，它把前面介绍的各种分析方法进行了整合。

利多因素：影响股价的利多因素有方方面面，它包括政治因素、经济因素、人为因素、技术因素。既要考虑现实的利多因素，也要考虑到未来可能发生的利多因素。有时共同作用，有时某一方面起主导作用，一步分析不到位，就可能全盘皆输。

利空因素：股价走势是一个利多和利空相互作用的统一体。利空因素有现在作用于股价的现实因素，也存在将来可能性发生的某些潜在利空因素。考虑利空因素是为了让我们防患于未然。

方向预测：它是通过对以上各种利多因素和利空因素进行客观系统的分析以后，对未知行情的一种判断。方面预测的正确与否直接关系到我们投资的成功与失败。预测是操作单中最重要的内容，因此我们在这个环节要有敏锐的洞察力，客观公正地分析利多和利空的所有因素。在这个重要的环节，投资理念也是方向预测中必可少的一部分，正确的投资理念有助于我们对行情的客观判断。总之方向预测是投资者综合素质的一种外在表现，它是投资者能否在股市成功的一种标志。

操作准备：要做到知己知彼，就要在操作前制定一个全盘的规划。它的具体内容包括以下几个方面：

⊙在什么价位买进，在什么价位卖出，在开市前要明确地写在操作计划中，千万不可在开市期间凭凭借一时冲动操作。

⊙我们的目标价位在什么地方。目标位是我们所要追求的利润。

⊙如果行情和我们的预测相反时，要在什么地方止损。

⊙出现突发事件时如何应付。股市可谓变化多端，许多人为的、不可抗拒的因素经常出现在我们的操作中，提前作出准备才能避免措手不及。

⊙盈亏比率也是我们考虑是否入市的一个参考指标。盈亏比率越大，我们的投资收益越高。

⊙四大法则执行情况。四大法则是我们建立在技术分析之上的一种制约机制，它是成功的前提条件，也是操作系统单中的保证措施，对实际操作中的做法进行监督。如果有违背四大法则的情况应立即进行纠正。

制定详细的操作单不仅可以让我们在股市做到"知己知彼，百战不殆"，更能让我们清楚地认识自己，不断提高、超越自我，避免以后再走弯路。下面是我们具体操作的一份操作计划书。其实这也不完全是一份计划书，它不

第三章　思维循环

但有计划的内容，同时也是一份总结报告，是个对计划和总结统筹兼顾的作战方案。当然我们计划书中的内容不要求详尽，只是写出简明扼要的结果而已。我们要的是方案而不是分析，分析方法和细节我们可以单独另写一份分析报告。

表 3-1　操作计划书

当前市况	长期趋势	利多因素	基本面因素 技术面因素	
		利空因素	基本面因素 技术面因素	
	中期趋势	利多因素	基本面因素 技术面因素	
		利空因素	基本面因素 技术面因素	
	短期趋势	利多因素	基本面因素 技术面因素	
		利空因素	基本面因素 技术面因素	
决策方向预测	操作准备	资金使用率		
		目标盈利率		
		突发事件		
		盈亏比率		
	操作准备	买入价位		
		卖出价位		
		止损价位		
实施情况	四大法则	顺势而为		
		大胆果断		
		严格止损		
		长线持有		
	操作手法	稳		
		准		
		狠		
		撤		

后　记

　　宇宙浩瀚无边，仍然有其运行规律。股市瞬息万变，风险莫测，但我经过十几年的研究发现，股市并不是深不可测，它仍然具有内在运行规律。如果掌握了这些规律，原本深不可测的股市就会变得十分简单。本书详细论述了如何通过空间循环来把握空间运行规律，如何运用时间循环把握时间运行规律，并与之配备了思维循环，就是希望投资者能够发现并把握股市运行规律，在实际操作中取得良好收益。

　　很多投资者基本分析无所不通，技术分析无所不精，但是最终结果却是亏损累累，原因何在？知易行难。要想在实际操作中取得良好的收益就必须坚持原则，在实践中不断磨练自己，严格自律，做到言行合一，否则，就会如赵括纸上谈兵，必将惨遭长平之惨败。

　　股市如棋步步新，行情每天都在变化，很多成功的经验随时有可能无用武之地。不断学习总结成功经验和失败教训，与时俱进，才能不被市场所淘汰。生命不息，学习不止，骄傲自满足能招致市场的惩罚，做到不断追踪市场、研究市场才能把握市场、战胜市场。

　　本系列书历经整整八年终于完成，由于对股市的执着，八年来放弃了所有和亲人相聚的时间，过着半隐居式（自我安慰）的生活，在这里只能含泪感谢关心我的亲人、并感谢红升国际投资公司总裁李得利先生，他让我熟悉了机构的操作手法；感谢广州博信总经理周建新先生，他独到的操盘手法让我受益匪浅；感谢我公司的全体员工为本书付出的汗水，感谢所有为本系列书提供

197

意见的朋友们。

　　尽管笔者尽心尽力，但是因为水平有限，谬误之处、不足之处在所难免，恳求广大同仁批评指正，希望广大股民朋友多提宝贵意见。